HÉSIODE ÉDITIONS

BALZAC

Une double famille

Hésiode éditions

© Hésiode éditions.

1 rue Honoré - 93500 Pantin.
ISBN 978-2-38512-039-9
Dépôt légal : Octobre 2022

Impression Books on Demand GmbH

In de Tarpen 42
22848 Norderstedt, Allemagne

Une double famille

La rue du Tourniquet-Saint-Jean, naguère une des rues les plus tortueuses et les plus obscures du vieux quartier qui entoure l'Hôtel-de-Ville, serpentait le long des petits jardins de la Préfecture de Paris et venait aboutir dans la rue du Martroi, précisément à l'angle d'un vieux mur maintenant abattu. En cet endroit se voyait le tourniquet auquel cette rue a dû son nom, et qui ne fut détruit qu'en 1823, lorsque la ville de Paris fit construire, sur l'emplacement d'un jardinet dépendant de l'Hôtel-de-Ville, une salle de bal pour la fête donnée au duc d'Angoulême à son retour d'Espagne. La partie la plus large de la rue du Tourniquet était à son débouché dans la rue de la Tixeranderie, où elle n'avait que cinq pieds de largeur. Aussi, par les temps pluvieux, des eaux noirâtres baignaient-elles promptement le pied des vieilles maisons qui bordaient cette rue, en entraînant les ordures déposées par chaque ménage au coin des bornes. Les tombereaux ne pouvant point passer par là, les habitants comptaient sur les orages pour nettoyer leur rue toujours boueuse ; et comment aurait-elle été propre ? lorsqu'en été le soleil dardait en aplomb ses rayons sur Paris, une nappe d'or, aussi tranchante que la lame d'un sabre, illuminait momentanément les ténèbres de cette rue sans pouvoir sécher l'humidité permanente que régnait depuis le rez-de-chaussée jusqu'au premier étage de ces maisons noires et silencieuses. Les habitants, qui au mois de juin allumaient leurs lampes à cinq heures du soir, ne les éteignaient jamais en hiver. Encore aujourd'hui, si quelque courageux piéton veut aller du Marais sur les quais, en prenant, au bout de la rue du Chaume, les rues de l'Homme-Armé, des Billettes et des Deux-Portes qui mènent à celle du Tourniquet-Saint-Jean, il croira n'avoir marché que sous des caves. Presque toutes les rues de l'ancien Paris, dont les chroniques ont tant vanté la splendeur, ressemblaient à ce dédale humide et sombre où les antiquaires peuvent encore admirer quelques singularités historiques. Ainsi, quand la maison qui occupait le coin formé par les rues du Tourniquet et de la Tixeranderie subsistait, les observateurs y remarquaient les vestiges de deux gros anneaux de fer scellés dans le mur, un reste de ces chaînes que le quartenier faisait jadis tendre tous les soirs pour la sûreté publique. Cette maison, remarquable par son antiquité, avait été bâtie avec des précautions qui attestaient l'insalubrité de ces anciens logis, car pour assainir le rez-de-chaussée, on avait élevé les berceaux de la cave à deux pieds environ au dessus du sol, ce qui obligeait à monter trois marches pour entrer dans la maison. Le chambranle de la porte bâtarde décrivait un cintre plein, dont la clef était ornée d'une tête de femme et d'arabesques rongés par le temps. Trois fenêtres, dont les appuis se trouvaient à hauteur d'homme, appartenaient à un petit appartement situé dans la partie de ce rez-de-chaussée qui donnait sur la rue du Tourniquet d'où il tirait son jour. Ces croisées dégradées étaient défendues par de gros barreaux en fer très-espacés et finissant par une saillie ronde semblable à celle qui termine les grilles des boulangers. Si pendant la journée quelque passant curieux jetait les yeux sur les deux chambres dont se composait cet appartement, il lui était impossible d'y rien voir, car pour découvrir dans la seconde chambre deux lits en serge verte réunis sous la boiserie d'une vieille alcôve, il fallait le soleil du mois de juillet ; mais le soir, vers les trois heures, une fois la chandelle allumée, on pouvait apercevoir, à travers la fenêtre de la première pièce, une vieille femme assise sur une escabelle au coin d'une cheminée où elle attisait un réchaud sur lequel mijotait un de ces ragoûts semblables à ceux que savent faire les portières. Quelques rares ustensiles de cuisine ou de ménage accrochés au fond de cette salle se dessinaient dans le clair-obscur. À cette heure, une vieille table, posée sur une X, mais dénuée de linge, était garnie de quelques couverts d'étain et du plat cuisiné par la vieille. Trois méchantes chaises meublaient cette pièce, qui servait à la fois de cuisine et de salle à manger. Au-dessus de la cheminée s'élevaient un fragment de miroir, un briquet, trois verres, des allumettes et un grand pot blanc tout ébréché. Le carreau de la chambre, les ustensiles, la cheminée, tout plaisait néanmoins par l'esprit d'ordre et d'économie que respirait cet asile sombre et froid. Le visage pâle et ridé de la vieille femme était en harmonie avec l'obscurité de la rue et la rouille de la maison. À la voir au repos, sur sa chaise, on eût dit qu'elle tenait à cette maison comme un colimaçon tient à sa coquille brune ; sa figure, où je ne sais quelle vague expression de malice perçait à travers une bonhomie affectée, était couronnée par un bonnet de tulle rond et plat qui cachait assez mal des cheveux blancs ; ses grands yeux gris étaient aussi calmes que la rue, et les rides nombreuses de son visage pouvaient se comparer aux crevasses des murs. Soit qu'elle fût née dans la misère, soit qu'elle fût déchue d'une splendeur passée, elle paraissait résignée depuis longtemps à sa triste existence. Depuis le lever du soleil jusqu'au soir, excepté les moments où elle préparait les repas et ceux où chargée d'un panier elle s'absentait pour aller chercher les provisions, cette vieille femme demeurait dans l'autre chambre devant la dernière croisée, en face d'une jeune fille. À toute heure du jour les passants apercevaient cette jeune ouvrière, assise dans un vieux fauteuil de velours rouge, le cou penché sur un métier à broder, travaillant avec ardeur. Sa mère avait un tambour vert sur les genoux et s'occupait à faire du tulle ; mais ses doigts remuaient péniblement les bobines ; sa vue était affaiblie, car son nez sexagénaire portait une paire de ces antiques lunettes qui tiennent sur le bout des narines par la force avec laquelle elles les compriment. Quand venait le soir, ces deux laborieuses créatures plaçaient entre elles une lampe dont la lumière, passant à travers deux globes de verre remplis d'eau, jetait sur leur ouvrage une forte lueur qui permettait à l'une de voir les fils les plus déliés fournis par les bobines de son tambour, et à l'autre les dessins les plus délicats tracés sur l'étoffe qu'elle brodait. La courbure des barreaux avait permis à la jeune fille de mettre sur l'appui de la fenêtre une longue caisse en bois pleine de terre où végétaient des pois de senteur, des capucines, un petit chèvrefeuille malingre et des volubilis dont les tiges débiles grimpaient autour des barreaux. Ces plantes presque étiolées produisaient de pâles fleurs, harmonie de plus qui mêlait je ne sais quoi de triste et de doux dans le tableau présenté par cette croisée, dont la baie encadrait bien ces deux figures. À l'aspect fortuit de cet intérieur, le passant le plus égoïste emportait une image complète de la vie que mène à Paris la classe ouvrière, car la brodeuse ne paraissait vivre que de son aiguille. Bien des gens n'atteignaient pas le tourniquet sans s'être demandé comment une jeune fille pouvait conserver des couleurs en vivant dans cette cave. Un étudiant passait-il par là pour gagner le pays latin, sa vive imagination lui faisait déplorer cette vie obscure et végétative, semblable à celle du lierre qui tapisse de froides murailles, ou à celle de ces paysans voués au travail, et qui naissent, labourent, meurent ignorés du monde qu'ils ont nourri. Un rentier se disait après avoir examiné la maison avec l'œil d'un propriétaire : – Que deviendront ces deux femmes si la broderie vient à n'être plus de mode ? Parmi les gens qu'une place à l'Hôtel-de-Ville ou au Palais forçait à passer par cette rue à des heures fixes, soit pour se rendre à leurs affaires, soit pour retourner dans leurs quartiers respectifs, peut-être se trouvait-il quelque cœur charitable. Peut-être un homme veuf ou un Adonis de quarante ans, à force de sonder les replis de cette vie malheureuse, comptait-il sur la détresse de la mère et de la fille pour posséder à bon marché l'innocente ouvrière dont les mains agiles et potelées, le cou frais et la peau blanche, attrait dû sans doute à l'habitation de cette rue sans soleil, excitaient son admiration. Peut-être aussi quelque honnête employé à douze cents francs d'appointements, témoin journalier de l'ardeur que cette jeune fille portait au travail, estimateur de ses mœurs pures, attendait-il de l'avancement pour unir une vie obscure à une vie obscure, un labeur obstiné à un autre, apportant au moins et un bras d'homme pour soutenir cette existence, et un paisible amour, décoloré comme les fleurs de la croisée. De vagues espérances animaient les yeux ternes et gris de la vieille mère. Le matin, après le plus modeste de tous les déjeuners, elle revenait prendre son tambour plutôt par maintien que par obligation, car elle posait ses lunettes sur une petite travailleuse de bois rougi, aussi vieille qu'elle, et passait en revue, de huit heures et demie à dix heures environ, les gens habitués à traverser la rue ; elle recueillait leurs regards, faisait des observations sur leurs démarches, sur leurs toilettes, sur leurs physionomies, et semblait leur marchander sa fille, tant ses yeux babillards essayaient d'établir entre eux de sympathiques affections, par un manége digne des coulisses. On devinait facilement que cette revue était pour elle un spectacle, et peut-être son seul plaisir. La fille levait rarement la tête, la pudeur, ou peut-être le sentiment pénible de sa détresse, semblait retenir sa figure attachée sur le métier ; aussi, pour qu'elle montrât aux passants sa mine chiffonnée, sa mère devait-elle avoir poussé quelque exclamation de surprise. L'employé vêtu d'une redingote neuve, ou l'habitué qui se produisait avec une femme à son bras, pouvaient alors voir le nez légèrement retroussé de l'ouvrière, sa petite bouche rose, et ses yeux gris toujours pétillants de vie, malgré ses accablantes fatigues ; ses laborieuses insomnies ne se trahissaient guère que par un cercle plus ou moins blanc dessiné sous chacun de ses yeux, sur la peau fraîche de ses pommettes. La pauvre enfant semblait être née pour l'amour et la gaieté, pour l'amour qui avait peint au-dessus de ses paupières bridées deux arcs parfaits, et qui lui avait donné une si ample forêt de cheveux châtains qu'elle aurait pu se trouver sous sa chevelure comme sous un pavillon impénétrable à l'œil d'un amant ; pour la gaieté qui agitait ses deux narines mobiles, qui formait deux fossettes dans ses joues fraîches et lui faisait si vite oublier ses peines ; pour la gaieté, cette fleur de l'espérance, qui lui prêtait la force d'apercevoir sans frémir l'aride chemin de sa vie. La tête de la jeune fille était toujours soigneusement peignée. Suivant l'habitude des ouvrières de Paris, sa toilette lui semblait finie quand elle avait lissé ses cheveux et retroussé en deux arcs le petit bouquet qui se jouait de chaque côté des tempes et tranchait sur la blancheur de sa peau. La naissance de sa chevelure avait tant de grâce, la ligne de bistre nettement dessinée sur son cou donnait une si charmante idée de sa jeunesse et de ses attraits, que l'observateur, en la voyant penchée sur son ouvrage, sans que le bruit lui fit relever la tête, devait l'accuser de coquetterie. De si séduisantes promesses excitaient la curiosité de plus d'un jeune homme qui se retournait en vain dans l'espérance de voir ce modeste visage.

– Caroline, nous avons un habitué de plus, et aucun de nos anciens ne le vaut.

Ces paroles, prononcées à voix basse par la mère, dans une matinée du mois d'août 1815, avaient vaincu l'indifférence de la jeune ouvrière, qui regarda vainement dans la rue : l'inconnu était déjà loin.

– Par où s'est-il envolé ? demanda-t-elle.

– Il reviendra sans doute à quatre heures, je le verrai venir, et t'avertirai en te poussant le pied. Je suis sûre qu'il repassera, voici trois jours qu'il prend par notre rue ; mais il est inexact dans ses heures : le premier jour il est arrivé à six heures, avant-hier à quatre, et hier à trois. Je me souviens de l'avoir vu autrefois de temps à autre. C'est quelque employé de la Préfecture qui aura changé d'appartement dans le Marais. – Tiens, ajouta-t-elle, après avoir jeté un coup d'œil dans la rue, notre monsieur à l'habit marron a pris perruque ; comme cela le change !

Le monsieur à l'habit marron devait être celui des habitués qui fermait la procession quotidienne, car la vieille mère remit ses lunettes, reprit son ouvrage en poussant un soupir et jeta sur sa fille un si singulier regard, qu'il eût été difficile à Lavater lui-même de l'analyser. L'admiration, la reconnaissance, une sorte d'espérance pour un meilleur avenir, se mêlaient à l'orgueil de posséder une fille si jolie. Le soir, sur les quatre heures, la vieille poussa le pied de Caroline, qui leva le nez assez à temps pour voir le nouvel acteur dont le passage périodique allait animer la scène. Grand, mince, pâle et vêtu de noir, cet homme paraissait avoir quarante ans environ, et sa démarche avait quelque chose de solennel ; quand son œil fauve et perçant rencontra le regard terni de la vieille, il la fit trembler ; elle crut s'apercevoir qu'il savait lire au fond des cœurs. L'inconnu se tenait très-droit, et son abord devait être aussi glacial que l'était l'air de cette rue ; le teint terreux et verdâtre de son visage était-il le résultat de travaux excessifs, ou produit par une santé frêle et maladive ? Ce problème fut résolu par la vieille mère de vingt manières différentes matin et soir. Caroline seule devina tout d'abord sur ce visage abattu les traces d'une longue souffrance d'âme : ce front facile à se rider, ces joues légèrement creusées gardaient l'empreinte du sceau avec lequel le malheur marque ses sujets, comme pour leur laisser la consolation de se reconnaître d'un œil fraternel et de s'unir pour lui résister. Si le regard de la jeune fille s'anima d'abord d'une curiosité tout innocente, il prit une douce expression de sympathie à mesure que l'inconnu s'éloignait, semblable au dernier parent qui ferme un convoi. La chaleur était en ce moment si forte, et la distraction du passant si grande, qu'il n'avait pas remis son chapeau en traversant cette rue malsaine, Caroline put alors remarquer, pendant le moment où elle l'observa, l'apparence de sévérité que ses cheveux relevés en brosse au-dessus de son front large répandaient sur sa figure. L'impression vive, mais sans charme, ressentie par Caroline à l'aspect de cet homme, ne ressemblait à aucune des sensations que les autres habitués lui avaient fait éprouver ; pour la première fois, sa compassion s'exerçait sur un autre que sur elle-même et sur sa mère, elle ne répondit rien aux conjectures bizarres qui fournirent un aliment à l'agaçante loquacité de sa vieille mère, et tira silencieusement sa longue aiguille dessus et dessous le tulle tendu ; elle regrettait de ne pas avoir assez vu l'étranger, et attendit au lendemain pour porter sur lui un jugement définitif. Pour la première fois aussi, l'un des habitués de la rue lui suggérait autant de réflexions. Ordinairement, elle n'opposait qu'un sourire triste aux suppositions de sa mère qui voulait voir dans chaque passant un protecteur pour sa fille. Si de semblables idées, imprudemment présentées par cette mère à sa fille, n'éveillaient point de mauvaises pensées, il fallait attribuer l'insouciance de Caroline à ce travail obstiné, malheureusement nécessaire, qui consumait les forces de sa précieuse jeunesse, et devait infailliblement altérer un jour la limpidité de ses yeux, ou ravir à ses joues blanches les tendres couleurs qui les nuançaient encore. Pendant deux grands mois environ, la nouvelle connaissance eut une allure très-capricieuse. L'inconnu ne passait pas toujours par la rue du Tourniquet, car la vieille le voyait souvent le soir sans l'avoir aperçu le matin ; il ne revenait pas à des heures aussi fixes que les autres employés qui servaient de pendule à madame Crochard ; enfin, excepté la première rencontre où son regard avait inspiré une sorte de crainte à la vieille mère, jamais ses yeux ne parurent faire attention au tableau pittoresque que présentaient ces deux gnômes femelles. À l'exception de deux grandes portes et de la boutique obscure d'un ferrailleur, il n'existait à cette époque, dans la rue du Tourniquet, que des fenêtres grillées qui éclairaient par des jours de souffrance les escaliers de quelques maisons voisines ; le peu de curiosité du passant ne pouvait donc pas se justifier par de dangereuses rivalités ; aussi, madame

Crochard était-elle piquée de voir son monsieur noir, tel fut le nom qu'elle lui donna, toujours gravement préoccupé, tenir les yeux baissés vers la terre ou levés en avant, comme s'il eût voulu lire l'avenir dans le brouillard du Tourniquet. Néanmoins, un matin, vers la fin du mois de septembre, la tête lutine de Caroline Crochard se détachait si brillamment sur le fond obscur de sa chambre, et se montrait si fraîche au milieu des fleurs tardives et des feuillages flétris entrelacés autour des barreaux de la fenêtre ; enfin la scène journalière présentait alors des oppositions d'ombre et de lumière, de blanc et de rose, si bien mariées à la mousseline que festonnait la gentille ouvrière, avec les tons bruns et rouges des fauteuils, que l'inconnu contempla fort attentivement les effets de ce vivant tableau. Fatiguée de l'indifférence de son monsieur noir, la vieille mère avait, à la vérité, pris le parti de faire un tel cliquetis avec ses bobines, que le passant morne et soucieux fut peut-être contraint par ce bruit insolite à regarder chez elle. L'étranger échangea seulement avec Caroline un regard, rapide il est vrai, mais par lequel leurs âmes eurent un léger contact, et ils conçurent tous deux le pressentiment qu'ils penseraient l'un à l'autre. Quand le soir, à quatre heures, l'inconnu revint, Caroline distingua le bruit de ses pas sur le pavé criard, et quand ils s'examinèrent, il y eut de part et d'autre une sorte de préméditation : les yeux du passant furent animés d'un sentiment de bienveillance qui le fit sourire, et Caroline rougit : la vieille mère les observa tous deux d'un air satisfait. À compter de cette mémorable matinée, le monsieur noir traversa deux fois par jour la rue du Tourniquet, à quelques exceptions près, que les deux femmes surent remarquer ; elles jugèrent, d'après l'irrégularité de ses heures de retour, qu'il n'était ni aussi promptement libre, ni aussi strictement exact qu'un employé subalterne. Pendant les trois premiers mois de l'hiver, deux fois par jour, Caroline et le passant se virent ainsi pendant le temps qu'il mettait à franchir l'espace de chaussée occupé par la porte et par les trois fenêtres de la maison. De jour en jour cette rapide entrevue eut un caractère d'intimité bienveillante qui finit par contracter quelque chose de fraternel. Caroline et l'inconnu parurent d'abord se comprendre ; puis, à force d'examiner l'un et l'autre leurs visages, ils en prirent une connaissance approfondie. Ce fut bientôt comme une visite que le passant faisait à Caroline ; si, par hasard, son monsieur noir passait sans lui apporter le sourire à demi formé par sa bouche éloquente ou le regard ami de ses yeux bruns, il lui manquait quelque chose : sa journée était incomplète. Elle ressemblait à ces vieillards pour lesquels la lecture de leur journal est devenue un tel plaisir, que, le lendemain d'une fête solennelle, ils s'en vont tout déroutés demandant, autant par mégarde que par impatience, la feuille à l'aide de laquelle ils trompent un moment le vide de leur existence. Mais ces fugitives apparitions avaient, autant pour l'inconnu que pour Caroline, l'intérêt d'une causerie familière entre deux amis. La jeune fille ne pouvait pas plus dérober à l'œil intelligent de son silencieux ami une tristesse, une inquiétude, un malaise que celui-ci ne pouvait cacher à Caroline une préoccupation. – « Il a eu du chagrin hier ! » était une pensée qui naissait souvent au cœur de l'ouvrière quand elle contemplait, la figure altérée du monsieur noir. – « Oh ! il a beaucoup travaillé ! » était une exclamation due à d'autres nuances que Caroline savait distinguer. L'inconnu devinait aussi que la jeune fille avait passé son dimanche à finir la robe au dessin de laquelle il s'était intéressé ; il voyait, aux approches des termes de loyer, cette jolie figure assombrie par l'inquiétude, et il devinait quand Caroline avait veillé ; mais il avait surtout remarqué comment les pensées tristes qui défloraient les traits gais et délicats de cette jeune tête s'étaient graduellement dissipées à mesure que leur connaissance avait vieilli. Lorsque l'hiver vint sécher les tiges, les fleurs et les feuillages du jardin parisien qui décorait la fenêtre, et que la fenêtre se ferma, l'inconnu ne vit pas, sans un sourire doucement malicieux, la clarté extraordinaire du carreau qui se trouvait à la hauteur de la tête de Caroline ; la parcimonie du feu, quelques traces d'une rougeur qui couperosait la figure des deux femmes lui dénoncèrent l'indigence du petit ménage ; mais si quelque douloureuse compassion se peignait alors dans ses yeux, Caroline lui opposait une gaieté fière. Cependant les sentiments éclos au fond de leurs cœurs y restaient ensevelis, sans qu'aucun événement leur en apprît l'un à l'autre la force et l'étendue, ils ne connaissaient même pas le son de leurs voix. Ces deux amis muets se gardaient, comme d'un malheur, de s'engager dans une plus intime union. Chacun d'eux semblait craindre d'apporter à l'autre une infortune plus pesante que celle qu'il voulait partager. Était-ce cette pudeur d'amitié qui les arrêtait ainsi ? Était-ce cette appréhension de l'égoïsme ou cette méfiance atroce qui séparent tous les habitants réunis dans les murs d'une nombreuse cité ? La voix secrète de leur conscience les avertissait-elle d'un péril prochain ? Il serait impossible d'expliquer le sentiment qui les rendait aussi ennemis qu'amis, aussi indifférents l'un à l'autre qu'ils étaient attachés, aussi unis par l'instinct que séparés par le fait. Peut-être chacun d'eux voulait-il conserver ses illusions. On eût dit parfois que l'inconnu craignait d'entendre sortir quelques paroles grossières de ces lèvres aussi fraîches, aussi pures qu'une fleur, et que Caroline ne se croyait pas digne de cet être mystérieux en qui tout révélait le pouvoir et la fortune. Quant à madame Crochard, cette tendre mère, presque mécontente de l'indécision dans laquelle restait sa fille, montrait une mine boudeuse à son monsieur noir à qui elle avait jusque-là toujours souri d'un air aussi complaisant que servile. Jamais elle ne s'était plainte aussi amèrement à sa fille d'être encore à son âge obligée de faire la cuisine ; à aucune époque ses rhumatismes et son catarrhe ne lui avaient arraché autant de gémissements ; enfin, elle ne sut pas faire, pendant cet hiver, le nombre d'aunes de tulle sur lequel Caroline avait compté jusqu'alors. Dans ces circonstances et vers la fin du mois de décembre, à l'époque où le pain était le plus cher, et où l'on ressentait déjà le commencement de cette cherté des grains qui rendit l'année 1816 si cruelle aux pauvres gens, le passant remarqua sur le visage de la jeune fille dont le nom lui était inconnu, les traces affreuses d'une pensée secrète que ses sourires bienveillants ne dissipèrent pas. Bientôt il reconnut, dans les yeux de Caroline, les flétrissants indices d'un travail nocturne. Dans une des dernières nuits de ce mois, le passant revint, contrairement à ses habitudes, vers une heure du matin par la rue du Tourniquet-Saint-Jean. Le silence de la nuit lui permit d'entendre de loin, avant d'arriver à la maison de Caroline, la voix pleurarde de la vieille mère et celle plus douloureuse de la jeune ouvrière, dont les éclats retentissaient mêlés aux sifflements d'une pluie de neige ; il tâcha d'arriver à pas lents ; puis, au risque de se faire arrêter, il se tapit devant la croisée pour écouter la mère et la fille en les examinant par le plus grand des trous qui découpaient les rideaux de mousseline jaunie, et les rendaient semblables à ces grandes feuilles de chou mangées en rond par des chenilles. Le curieux passant vit un papier timbré sur la table qui séparait les deux métiers et sur laquelle était posée la lampe entre les deux globes pleins d'eau. Il reconnut facilement une assignation. Madame Crochard pleurait, et la voix de Caroline avait un son guttural qui en altérait le timbre doux et caressant.

– Pourquoi tant te désoler, ma mère ? Monsieur Molineux ne vendra pas nos meubles et ne nous chassera pas avant que j'aie terminé cette robe ; encore deux nuits, et j'irai la porter chez madame Roguin.

– Et si elle te fait attendre comme toujours ? mais le prix de ta robe paiera-t-il aussi le boulanger ?

Le spectateur de cette scène possédait une telle habitude de lire sur les visages, qu'il crut entrevoir autant de fausseté dans la douleur de la mère que de vérité dans le chagrin de la fille ; il disparut aussitôt, et revint quelques instants après. Quand il regarda par le trou de la mousseline, la mère était couchée ; penchée sur son métier, la jeune ouvrière travaillait avec une infatigable activité ; sur la table, à côté de l'assignation, se trouvait un morceau de pain triangulairement coupé, posé sans doute là pour la nourrir pendant la nuit, tout en lui rappelant la récompense de son courage. L'inconnu frissonna d'attendrissement et de douleur, il jeta sa bourse à travers une vitre fêlée de manière à la faire tomber aux pieds de la jeune fille ; puis, sans jouir de sa surprise, il s'évada le cœur palpitant, les joues en feu. Le lendemain, le triste et sauvage étranger passa en affectant un air préoccupé, mais il ne put échapper à la reconnaissance de Caroline qui avait ouvert la fenêtre et s'amusait à bêcher avec un couteau la caisse carrée couverte de neige, prétexte dont la maladresse ingénieuse annonçait à son bienfaiteur qu'elle ne voulait pas, cette fois, le voir à travers les vitres. La brodeuse fit, les yeux pleins de larmes, un signe de tête à son protecteur comme pour lui dire : – Je ne puis vous payer qu'avec le cœur. Mais l'inconnu parut ne rien comprendre à l'expression de cette reconnaissance vraie. Le soir, quand il repassa, Caroline, qui s'occupait à recoller une feuille de papier sur la vitre brisée, put lui sourire en montrant comme une promesse l'émail de ses dents brillantes. Le monsieur noir prit dès lors un autre chemin et ne se montra plus dans la rue du Tourniquet.

Dans les premiers jours du mois de mai suivant, un samedi matin que Caroline apercevait, entre les deux lignes noires des maisons, une faible portion d'un ciel sans nuages, et pendant qu'elle arrosait avec un verre d'eau le pied de son chèvrefeuille, elle dit à sa mère : « Maman, il faut aller demain nous promener à Montmorency ! À peine cette phrase était-elle prononcée d'un air joyeux, que le monsieur noir vint à passer, plus triste et plus accablé que jamais ; le chaste et caressant regard que Caroline lui jeta pouvait passer pour une invitation. Aussi, le lendemain, quand madame Crochard, vêtue d'une redingote de mérinos brun rouge, d'un chapeau de soie et d'un châle à grandes raies imitant le cachemire, se présenta pour choisir un coucou au coin de la rue du Faubourg-Saint-Denis et de la rue d'Enghien, y trouva-t-elle son inconnu, planté sur ses pieds comme un homme qui attend sa femme. Un sourire de plaisir dérida la figure de l'étranger quand il aperçut Caroline dont le petit pied était chaussé de guêtres en prunelle couleur puce, dont la robe blanche, emportée par un vent perfide pour les femmes mal faites, dessinait des formes attrayantes, et dont la figure, ombragée par un chapeau de paille de riz doublée en satin rose, était comme illuminée d'un reflet céleste ; sa large ceinture de couleur puce faisait valoir une taille à tenir entre les deux mains ; ses cheveux, partagés en deux bandeaux de bistre sur un front blanc comme de la neige, lui donnaient un air de candeur que rien ne démentait. Le plaisir semblait rendre Caroline aussi légère que la paille de son chapeau, mais il y eut en elle une espérance qui éclipsa tout à coup sa parure et sa beauté quand elle vit le monsieur noir. Celui-ci, qui semblait irrésolu, fut peut-être décidé à servir de compagnon de voyage à l'ouvrière par la subite révélation du bonheur que causait sa présence. Il loua, pour aller à Saint-Leu-Taverny, un cabriolet dont le cheval paraissait assez bon ; il offrit à madame Crochard et à sa fille d'y prendre place, et la mère accepta sans se faire prier ; mais au moment où la voiture se trouva sur la route de Saint-Denis, elle s'avisa d'avoir des scrupules et de hasarder quelques civilités sur la gêne que deux femmes allaient causer à leur compagnon.

– Monsieur voulait peut-être se rendre seul à Saint-Leu ? dit-elle avec une fausse bonhomie. Mais elle ne tarda pas à se plaindre de la chaleur, et surtout de son catarrhe, qui, disait-elle, ne lui avait pas permis de fermer l'œil une seule fois pendant la nuit ; aussi, à peine la voiture eut-elle atteint Saint-Denis, que madame Crochard parut endormie ; quelques-uns de ses ronflements semblèrent suspects à l'inconnu, qui fronça les sourcils en regardant la vieille femme d'un air singulièrement soupçonneux.

– Oh ! elle dort, dit naïvement Caroline, elle n'a pas cessé de tousser depuis hier soir. Elle doit être bien fatiguée.

Pour toute réponse, le compagnon de voyage jeta sur la jeune fille un rusé sourire comme pour lui dire : – Innocente créature, tu ne connais pas ta mère ! Cependant, malgré sa défiance, et quand la voiture roula sur la terre dans cette longue avenue de peupliers qui conduit à Eaubonne, le monsieur noir crut madame Crochard réellement endormie ; peut-être aussi ne voulait-il plus examiner jusqu'à quel point ce sommeil était feint ou véritable. Soit que la beauté du ciel, l'air pur de la campagne et ces parfums enivrants répandus par les premières pousses des peupliers, par les fleurs du saule, et par celles des épines blanches, eussent disposé son cœur à s'épanouir, comme s'épanouissait la nature ; soit qu'une plus longue contrainte lui devînt importune, ou que les yeux pétillants de Caroline eussent répondu à l'inquiétude des siens, l'inconnu entreprit avec sa jeune compagne une conversation aussi vague que les balancements des arbres sous l'effort de la brise, aussi vagabonde que les détours du papillon dans l'air bleu, aussi peu raisonnée que la voix doucement mélodieuse des champs, mais empreinte comme elle d'un mystérieux amour. À cette époque, la campagne n'est-elle pas frémissante comme une fiancée qui a revêtu sa robe d'hyménée, et ne convie-t-elle pas au plaisir les âmes les plus froides ? Quitter les rues ténébreuses du Marais, pour la première fois depuis le dernier automne, et se trouver au sein de l'harmonieuse et pittoresque vallée de Montmorency ; la traverser au matin, en ayant devant les yeux l'infini de ses horizons, et pouvoir reporter, de là, son regard sur des yeux qui peignent aussi l'infini en exprimant l'amour, quels cœurs resteraient glacés, quelles lèvres garderaient un secret ? L'inconnu trouva Caroline plus gaie que spirituelle, plus aimante qu'instruite ; mais, si son rire accusait de la folâtrerie, ses paroles promettaient un sentiment vrai. Quand, aux interrogations sagaces de son compagnon, la jeune fille répondait par une effusion de cœur que les classes inférieures prodiguent sans y mettre de réticences comme les gens du grand monde, la figure du monsieur noir s'animait et semblait renaître ; sa physionomie perdait par degrés la tristesse qui en contractait les traits ; puis, de teinte en teinte, elle prit un air de jeunesse et un caractère de beauté qui rendirent Caroline heureuse et fière. La jolie brodeuse devina que son protecteur était un être sevré depuis long-temps de tendresse et d'amour, de plaisir et de caresses, ou que peut-être il ne croyait plus au dévouement d'une femme. Enfin, une saillie inattendue du léger babil de Caroline enleva le dernier voile qui ôtait à la figure de l'inconnu sa jeunesse réelle et son caractère primitif ; il sembla faire un éternel divorce avec des idées importunes, et déploya la vivacité d'âme que décelait sa figure. La causerie devint insensiblement si familière, qu'au moment où la voiture s'arrêta aux premières maisons du long village de Saint-Leu, Caroline nommait l'inconnu monsieur Roger. Pour la première fois seulement, la vieille mère se réveilla.

– Caroline, elle aura tout entendu, dit Roger d'une voix soupçonneuse à l'oreille de la jeune fille.

Caroline répondit par un ravissant sourire d'incrédulité qui dissipa le nuage sombre que la crainte d'un calcul chez la mère avait répandue sur le front de cet homme défiant. Sans s'étonner de rien, madame Crochard approuva tout, suivit sa fille et monsieur Roger dans le parc de Saint-Leu, où les deux jeunes gens étaient convenus d'aller pour visiter les riantes prairies et les bosquets embaumés que le goût de la reine Hortense a rendus si célèbres.

– Mon Dieu, combien cela est beau ! s'écria Caroline lorsque, montée sur la croupe verte où commence la forêt de Montmorency, elle aperçut à ses pieds l'immense vallée qui déroulait ses sinuosités semées de villages, les horizons bleuâtres de ses collines, ses clochers, ses prairies, ses champs, et dont le murmure vint expirer à l'oreille de la jeune fille comme un bruissement de la mer. Les trois voyageurs côtoyèrent les bords d'une rivière factice, et arrivèrent à cette vallée suisse dont le chalet reçut plus d'une fois la reine Hortense et Napoléon. Quand Caroline se fut assise avec un saint respect sur le banc de bois moussu où s'étaient reposés des rois, des princesses et l'empereur, madame Crochard manifesta le désir de voir de plus près un pont suspendu entre deux rochers qui s'apercevait au loin, et se dirigea vers cette curiosité champêtre en laissant son enfant sous la garde de monsieur Roger, mais en lui disant qu'elle ne les perdrait pas de vue.

– Eh ! quoi, pauvre petite, s'écria Roger, vous n'avez jamais désiré la fortune et les jouissances du luxe ? Vous ne souhaitez pas quelquefois de porter les belles robes que vous brodez ?

– Je vous mentirais, monsieur Roger, si je vous disais que je ne pense pas au bonheur dont jouissent les riches. Ah ! oui, je songe souvent, quand je m'endors surtout, au plaisir que j'aurais de voir ma pauvre mère ne pas être obligée d'aller par le mauvais temps chercher nos petites provisions, à son âge. Je voudrais que le matin une femme de ménage lui apportât, pendant qu'elle est encore au lit, son café bien sucré avec du sucre blanc. Elle aime à lire des romans, la pauvre bonne femme, eh ! bien, je préférerais lui voir user ses yeux à sa lecture favorite, plutôt qu'à remuer des bobines depuis le matin jusqu'au soir. Il lui faudrait aussi un peu de bon vin. Enfin je voudrais la savoir heureuse, elle est si bonne !

– Elle vous a donc bien prouvé sa bonté ?

– Oh ! oui, répliqua la jeune fille d'un son de voix profond. Puis après un assez court moment de silence pendant lequel les deux jeunes gens regardèrent madame Crochard qui, parvenue au milieu du pont rustique, les menaçait du doigt, Caroline reprit : – Oh ! oui, elle me l'a prouvé. Combien ne m'a-t-elle pas soignée quand j'étais petite ! Elle a vendu ses derniers couverts d'argent pour me mettre en apprentissage chez la vieille fille qui m'a appris à broder. Et mon pauvre père ! combien de mal n'a-t-elle pas eu pour lui faire passer heureusement ses derniers moments ! À cette idée la jeune fille tressaillit et se fit un voile de ses deux mains. – Ah ! bah, ne pensons jamais aux malheurs passés, dit-elle en essayant de reprendre un air enjoué. Elle rougit en s'apercevant que Roger s'était attendri, mais elle n'osa le regarder.

– Que faisait donc votre père, demanda-t-il.

– Mon père était danseur à l'Opéra avant la révolution, dit-elle de l'air le plus naturel du monde, et ma mère chantait dans les chœurs. Mon père, qui commandait les évolutions sur le théâtre, se trouva par hasard à la prise de la Bastille. Il fut reconnu par quelques-uns des assaillants qui lui demandèrent s'il ne dirigerait pas bien une attaque réelle, lui qui en commandait de feintes au théâtre. Mon père était brave, il accepta, conduisit les insurgés, et fut récompensé par le grade de capitaine dans l'armée de Sambre-et-Meuse, où il se comporta de manière à monter rapidement en grade, il devint colonel ; mais il fut si grièvement blessé à Lutzen qu'il est revenu mourir à Paris, après un an de maladie. Les Bourbons sont arrivés, ma mère n'a pu obtenir de pension, et nous sommes retombées dans une si grande misère, qu'il a fallu travailler pour vivre. Depuis quelque temps la bonne femme est devenue maladive ; aussi jamais ne l'ai-je vue si peu résignée ; elle se plaint ; et je le conçois, elle a goûté les douceurs d'une vie heureuse. Quant à moi, qui ne saurais regretter des délices que je n'ai pas connues, je ne demande qu'une seule chose au ciel…

– Quoi ? dit vivement Roger qui semblait rêveur.

– Que les femmes portent toujours des tulles brodés pour que l'ouvrage ne manque jamais.

La franchise de ces aveux intéressa le jeune homme, qui regarda d'un œil moins hostile madame Crochard quand elle revint vers eux d'un pas lent.

– Hé bien, mes enfants, avez-vous bien jasé ? leur demanda-t-elle d'un air tout à la fois indulgent et railleur. Quand on pense, monsieur Roger, que le petit caporal s'est assis là où vous êtes ! reprit-elle après un moment de silence. – Pauvre homme ! ajouta-t-elle, mon mari l'aimait-il ! Ah ! Crochard a aussi bien fait de mourir, car il n'aurait pas enduré de le savoir là où ils l'ont mis.

Roger posa un doigt sur ses lèvres, et la bonne vieille, hochant la tête, dit d'un air sérieux : – Suffit, on aura la bouche close et la langue morte. Mais, ajouta-t-elle en ouvrant les bords de son corsage et montrant une croix et son ruban rouge suspendus à son cou par une faveur noire, ils ne m'empêcheront pas de porter ce que l'autre a donné à mon pauvre Crochard, et je me ferai certes enterrer avec…

En entendant des paroles qui passaient alors pour séditieuses, Roger interrompit la vieille mère en se levant brusquement, et ils retournèrent au village à travers les allées du parc. Le jeune homme s'absenta pendant quelques instants pour aller commander un repas chez le meilleur traiteur de Taverny ; puis il revint chercher les deux femmes, et les y conduisit en les faisant passer par les sentiers de la forêt. Le dîner fut gai. Roger n'était déjà plus cette ombre sinistre qui passait naguère rue du Tourniquet, il ressemblait moins au monsieur noir qu'à un jeune homme confiant, prêt à s'abandonner au courant de la vie, comme ces deux femmes insouciantes et laborieuses qui, le lendemain peut-être, manqueraient de pain ; il paraissait être sous l'influence des joies du premier âge, son sourire avait quelque chose de caressant et d'enfantin. Quand, sur les cinq heures, le joyeux dîner fut terminé par quelques verres de vin de Champagne, Roger proposa le premier d'aller sous les châtaigniers au bal du village, où Caroline et lui dansèrent ensemble : leurs mains se pressèrent avec intelligence, leurs cœurs battirent animés d'une même espérance ; et sous le ciel bleu, aux rayons obliques et rouges du couchant, leurs regards arrivèrent à un éclat qui pour eux faisait pâlir celui du ciel. Étrange puissance d'une idée et d'un désir ! Rien ne semblait impossible à ces deux êtres. Dans ces moments magiques où le plaisir jette ses reflets jusque sur l'avenir, l'âme ne prévoit que du bonheur. Cette jolie journée avait déjà créé pour tous deux des souvenirs auxquels ils ne pouvaient rien comparer dans le passé de leur existence. La source serait-elle donc plus gracieuse que le fleuve, le désir serait-il plus ravissant que la jouissance, et ce qu'on espère plus attrayant que tout ce qu'on possède ?

– Voilà donc la journée déjà finie ! Cette exclamation échappait à l'inconnu au moment où cessait la danse, et Caroline le regarda d'un air compatissant en lui voyant reprendre une légère teinte de tristesse.

– Pourquoi ne seriez-vous pas aussi content à Paris qu'ici ? dit-elle. Le bonheur n'est-il qu'à Saint-Leu ? Il me semble maintenant que je ne puis être malheureuse nulle part.

L'inconnu tressaillit à ces paroles dictées par ce doux abandon qui entraîne toujours les femmes plus loin qu'elles ne veulent aller, de même que la pruderie leur donne souvent plus de cruauté qu'elles n'en ont. Pour la première fois, depuis le regard qui avait en quelque sorte commencé leur amitié, Caroline et Roger eurent une même pensée ; s'ils ne l'exprimèrent pas, ils la sentirent au même moment par une mutuelle impression, semblable à celle d'un bienfaisant foyer qui les aurait consolés des atteintes de l'hiver ; puis, comme s'ils eussent craint leur silence, ils se rendirent alors à l'endroit où leur modeste voiture les attendait ; mais avant d'y monter, ils se prirent fraternellement par la main, et coururent dans une allée sombre devant madame Crochard. Quand ils ne virent plus le blanc bonnet de tulle qui leur indiquait la vieille mère comme un point à travers les feuilles : – Caroline ! dit Roger d'une voix troublée et le cœur palpitant. La jeune fille confuse recula de quelques pas en comprenant les désirs que cette interrogation révélait ; néanmoins, elle tendit sa main qui fut baisée avec ardeur et qu'elle retira vivement, car en se levant sur la pointe des pieds elle avait aperçu sa mère. Madame Crochard fit semblant de ne rien voir, comme si, par un souvenir de ses anciens rôles, elle eût dû ne figurer là qu'en a parte.

L'aventure de ces deux jeunes gens ne se continua pas long-temps dans la rue du Tourniquet. Pour retrouver Caroline et Roger, il est nécessaire de se transporter au milieu du Paris moderne, où il existe, dans les maisons nouvellement bâties, de ces appartements qui semblent faits exprès pour que de nouveaux mariés y passent leur lune de miel : les peintures et les papiers y sont jeunes comme les époux, et la décoration en est dans sa fleur comme leur amour ; tout y est en harmonie avec de jeunes idées, avec de bouillants désirs. Au milieu de la rue Taitbout, dans une maison dont la pierre de taille était encore blanche, dont les colonnes du vestibule et de la porte n'avaient encore aucune souillure, et dont les murs reluisaient de cette peinture d'un blanc de plomb que nos premières relations avec l'Angleterre mettaient à la mode, se trouvait, au second étage, un petit appartement arrangé par l'architecte comme s'il en avait deviné la destination. Une simple et fraîche antichambre, revêtue en stuc à hauteur d'appui, donnait entrée dans un salon et dans une petite salle à manger. Le salon communiquait à une jolie chambre à coucher à laquelle attenait une salle de bain. Les cheminées y étaient toutes garnies de hautes glaces encadrées avec recherche. Les portes avaient pour ornements des arabesques de bon goût, et les corniches étaient d'un style pur. Un amateur aurait reconnu là, mieux qu'ailleurs, cette science de distribution et de décor qui distingue les œuvres de nos architectes modernes. Cet appartement était habité depuis un mois environ par Caroline pour qui l'un de ces tapissiers qui ne travaillent que guidés par les artistes, l'avait meublé soigneusement. La description succincte de la pièce la plus importante suffira pour donner une idée des merveilles que cet appartement avait présentées à celle qui vint s'y installer, amenée par Roger. Des tentures en étoffe grise, égayées par des agréments en soie verte, décoraient les murs de sa chambre à coucher. Les meubles, couverts en casimir clair, avaient les formes gracieuses et légères ordonnées par le dernier caprice de la mode : une commode en bois indigène, incrustée de filets bruns, gardait les trésors de la parure ; un secrétaire pareil servait à écrire de doux billets sur un papier parfumé ; le lit, drapé à l'antique, ne pouvait inspirer que des idées de volupté par la mollesse de ses mousselines élégamment jetées ; les rideaux, de soie grise à franges vertes, étaient toujours étendus de manière à intercepter le jour ; une pendule de bronze représentait l'Amour couronnant Psyché ; enfin, un tapis à dessins gothiques imprimés sur un fond rougeâtre faisait ressortir les accessoires de ce lieu plein de délices. En face d'une psyché se trouvait une petite toilette, devant laquelle l'ex-brodeuse s'impatientait de la science de Plaisir, un illustre coiffeur.

– Espérez-vous finir ma coiffure aujourd'hui ? dit-elle.

– Madame a les cheveux si longs et si épais, répondit Plaisir.

Caroline ne put s'empêcher de sourire. La flatterie de l'artiste avait sans doute réveillé dans son cœur le souvenir des louanges passionnées que lui adressait son ami sur la beauté d'une chevelure qu'il idolâtrait. Le coiffeur parti, la femme de chambre vint tenir conseil avec elle sur la toilette qui plairait le plus à Roger. On était alors au commencement de septembre 1816, il faisait froid : une robe de grenadine verte garnie en chinchilla fut choisie. Aussitôt sa toilette terminée, Caroline s'élança vers le salon, y ouvrit une croisée qui donnait sur l'élégant balcon dont la façade de la maison était décorée et se croisa les bras en s'appuyant sur une rampe en fer bronzé ; elle resta là dans une attitude charmante, non pour s'offrir à l'admiration des passants et leur voir tourner la tête vers elle, mais pour regarder la petite portion de boulevard qu'elle pouvait apercevoir au bout de la rue Taitbout. Cette échappée de vue, que l'on comparerait volontiers au trou pratiqué pour les acteurs dans un rideau de théâtre, lui permettait de distinguer une multitude de voitures élégantes et une foule de monde emportées avec la rapidité des ombres chinoises. Ignorant si Roger viendrait à pied ou en voiture, l'ancienne ouvrière de la rue du Tourniquet examinait tour à tour les piétons et les tilburys, voitures légères récemment importées en France par les Anglais. Des expressions de mutinerie et d'amour passaient sur sa jeune figure quand, après un quart d'heure d'attente, son œil perçant ou son cœur ne lui avaient pas encore fait reconnaître celui qu'elle savait devoir venir. Quel mépris, quelle insouciance se peignaient sur son beau visage pour toutes les créatures qui s'agitaient comme des fourmis sous ses pieds ! ses yeux gris, pétillants de malice, étincelaient. Elle était là pour elle-même, sans se douter que tous les jeunes gens emportaient mille confus désirs à l'aspect de ses formes attrayantes. Elle évitait leurs hommages avec autant de soin que les plus fières en mettent à les recueillir pendant leurs promenades à Paris, et ne s'inquiétait certes guère si le souvenir de sa blanche figure penchée ou de son petit pied qui dépassait le balcon, si la piquante image de ses yeux animés et de son nez voluptueusement retroussé, s'effaceraient ou non le lendemain du cœur des passants qui l'avaient admirée : elle ne voyait qu'une figure et n'avait qu'une idée. Quand la tête mouchetée d'un certain cheval bai-brun vint à dépasser la haute ligne tracée dans l'espace par les maisons, Caroline tressaillit et se haussa sur la pointe des pieds pour tâcher de reconnaître les guides blanches et la couleur du tilbury. C'était lui ! Roger tourne l'angle de la rue, voit le balcon, fouette son cheval qui s'élance et arrive à cette porte bronzée à laquelle il est aussi habitué que son maître. La porte de l'appartement fut ouverte d'avance par la femme de chambre, qui avait entendu le cri de joie jeté par sa maîtresse ; Roger se précipita vers le salon, pressa Caroline dans ses bras, et l'embrassa avec cette effusion de sentiment que provoquent toujours les réunions peu fréquentes de deux êtres qui s'aiment ; il l'entraîna, ou plutôt ils marchèrent par une volonté unanime, quoique enlacés dans les bras l'un de l'autre, vers cette chambre discrète et embaumée ; une causeuse les reçut devant le foyer, et ils se contemplèrent un moment en silence, en n'exprimant leur bonheur que par les vives étreintes de leurs mains, en se communiquant leurs pensées par un long regard.

– Oui, c'est lui, dit-elle enfin ; oui, c'est toi. Sais-tu que voici trois grands jours que je ne t'ai vu, un siècle ! Mais qu'as-tu ? tu as du chagrin.

– Ma pauvre Caroline…

– Oh ! voilà, ma pauvre Caroline…

– Non, ne ris pas, mon ange ; nous ne pouvons pas aller ce soir à Feydeau.

Caroline fit une petite mine boudeuse, mais qui se dissipa tout à coup.

– Je suis une sotte ! Comment puis-je penser au spectacle quand je te vois ? Te voir, n'est-ce pas le seul spectacle que j'aime ? s'écria-t-elle en passant ses doigts dans les cheveux de Roger.

– Je suis obligé d'aller chez le procureur-général, car nous avons en ce moment une affaire épineuse. Il m'a rencontré dans la grande salle ; et comme c'est moi qui porte la parole, il m'a engagé à venir dîner avec lui ; mais, ma chérie, tu peux aller à Feydeau avec ta mère, je vous y rejoindrai si la conférence finit de bonne heure.

– Aller au spectacle sans toi, s'écria-t-elle avec une expression d'étonnement, ressentir un plaisir que tu ne partagerais pas !… Oh ! mon Roger, vous mériteriez de ne pas être embrassé, ajouta-t-elle en lui sautant au cou par un mouvement aussi naïf que voluptueux.

– Caroline, il faut que je rentre m'habiller. Le Marais est loin, et j'ai encore quelques affaires à terminer.

– Monsieur, reprit Caroline en l'interrompant, prenez garde à ce que vous dites là ! Ma mère m'a averti que, quand les hommes commencent à nous parler de leurs affaires, ils ne nous aiment plus.

– Caroline, ne suis-je pas venu ? n'ai-je pas dérobé cette heure à mon impitoyable… ?

– Chut, dit-elle en mettant un doigt sur la bouche de Roger, chut, ne vois-tu pas que je me moque !

En ce moment ils étaient revenus tous les deux dans le salon, Roger y aperçut un meuble apporté le matin même par l'ébéniste : le vieux métier en bois de rose dont le produit nourrissait Caroline et sa mère quand elles habitaient la rue du Tourniquet-Saint-Jean, avait été remis à neuf, et une robe de tulle d'un riche dessin y était déjà tendue.

– Eh bien, mon bon ami, ce soir je travaillerai. En brodant, je me croirai encore à ces premiers jours où tu passais devant moi sans mot dire, mais non sans me regarder ; à ces jours où le souvenir de tes regards me tenait éveillée pendant la nuit. Ô mon cher métier, le plus beau meuble de mon salon, quoiqu'il ne me vienne pas de toi ! – Tu ne sais pas, dit-elle en s'asseyant sur les genoux de Roger qui ne pouvant résister à ses émotions était tombé dans un fauteuil… Écoute-moi donc ? je veux donner aux pauvres tout ce que je gagnerai avec ma broderie. Tu m'as faite si riche ! Combien j'aime cette jolie terre de Bellefeuille, moins pour ce qu'elle est que parce que c'est toi qui me l'as donnée. Mais, dis-moi, mon Roger, je voudrais m'appeler Caroline de Bellefeuille, le puis-je ? tu dois le savoir : est-ce légal ou toléré ?

Il fit une petite moue d'affirmation qui lui était suggérée par sa haine pour le nom de Crochard, et Caroline sauta légèrement en frappant ses mains l'une contre l'autre.

– Il me semble, s'écria-t-elle, que je t'appartiendrai bien mieux ainsi. Ordinairement une fille renonce à son nom et prend celui de son mari… Une idée importune qu'elle chassa aussitôt la fit rougir, elle prit Roger par la main, et le mena devant un piano ouvert. – Écoute, dit-elle. Je sais maintenant ma sonate comme un ange. Et ses doigts couraient déjà sur les touches d'ivoire, quand elle se sentit saisie et enlevée par la taille.

– Caroline, je devrais être loin.

– Tu veux partir ? eh ! bien, va-t'en, dit-elle en boudant ; mais elle sourit après avoir regardé la pendule, et s'écria joyeusement : – Je t'aurai toujours gardé un quart d'heure de plus.

– Adieu, mademoiselle de Bellefeuille, dit-il avec la douce ironie de l'amour.

Après avoir pris un baiser, elle reconduisit son Roger jusque sur le seuil de la porte. Quand le bruit de ses pas ne retentit plus dans l'escalier, elle accourut sur le balcon pour le voir montant dans le tilbury, pour lui voir en prendre les guides, pour recueillir un dernier regard, entendre le coup de fouet, le roulement des roues sur le pavé, et pour suivre des yeux le brillant cheval, le chapeau du maître, le galon d'or qui garnissait celui du jockey, pour regarder même long-temps encore après que l'angle noir de la rue lui eut dérobé cette vision.

Cinq ans après l'installation de mademoiselle Caroline de Bellefeuille dans la jolie maison de la rue Taitbout, il s'y passa, pour la seconde fois, une de ces scènes domestiques qui resserrent encore les liens d'affection entre deux êtres qui s'aiment. Au milieu du salon bleu, devant la fenêtre qui s'ouvrait sur le balcon, un petit garçon de quatre ans et demi faisait un tapage infernal en fouettant le cheval de carton sur lequel il était monté, et dont les deux arcs recourbés qui en soutenaient les pieds n'allaient pas assez vite au gré du tapageur ; sa jolie petite tête à cheveux blonds, qui retombaient en mille boucles sur une collerette brodée, sourit comme une figure d'ange à sa mère quand, du fond d'une bergère, elle lui dit : – Pas tant de bruit, Charles, tu vas réveiller ta petite sœur. Le curieux enfant descendit alors brusquement de cheval, arriva sur la pointe des pieds comme s'il eût craint le bruit de ses pas sur le tapis, mit un doigt entre ses petites dents, demeura dans une de ces attitudes enfantines qui n'ont tant de grâce que parce que tout en est naturel, et leva le voile de mousseline blanche qui cachait le frais visage d'une petite fille endormie sur les genoux de sa mère.

– Elle dort donc, Eugénie ? dit-il tout étonné. Pourquoi donc qu'elle dort quand nous sommes éveillés ? ajouta-t-il en ouvrant de grands yeux noirs qui flottaient dans un fluide abondant.

– Dieu seul sait cela, répondit Caroline en souriant.

La mère et l'enfant contemplèrent cette petite fille, baptisée le matin même. Caroline, alors âgée d'environ vingt-quatre ans, offrait tous les développements d'une beauté qu'un bonheur sans nuages et des plaisirs constants avaient fait épanouir. En elle la femme était accomplie. Charmée d'obéir aux désirs de son cher Roger, elle avait acquis les connaissances qui lui manquaient, elle touchait assez bien du piano et chantait agréablement. Ignorant les usages d'une société qui l'eût repoussée et où elle ne serait point allée quand même on l'y aurait accueillie, car la femme heureuse ne va pas dans le monde, elle n'avait su ni prendre cette élégance de manières, ni apprendre cette conversation pleine de mots et vide de pensées qui a cours dans les salons ; mais, en revanche, elle conquit laborieusement les connaissances indispensables à une mère dont toute l'ambition consiste à bien élever ses enfants. Ne pas quitter son fils, lui donner dès le berceau ces leçons de tous les moments qui gravent en de jeunes âmes le goût du beau et du bon, le préserver de toute influence mauvaise, remplir à la fois les pénibles fonctions de la bonne et les douces obligations d'une mère, tels furent ses uniques plaisirs.

Dès le premier jour, cette discrète et douce créature se résigna si bien à ne point faire un pas hors de la sphère enchantée où pour elle se trouvaient toutes ses joies, qu'après six ans de l'union la plus tendre, elle ne connaissait encore à son ami que le nom de Roger. Placée dans sa chambre à coucher, la gravure du tableau de Psyché arrivant avec sa lampe pour voir l'Amour malgré sa défense, lui rappelait les conditions de son bonheur. Pendant ces six années, ses modestes plaisirs ne fatiguèrent jamais par une ambition mal placée le cœur de Roger, vrai trésor de bonté. Jamais elle ne souhaita ni diamants ni parures, et refusa le luxe d'une voiture vingt fois offerte à sa vanité. Attendre sur le balcon la voiture de Roger, aller avec lui au spectacle ou se promener ensemble pendant les beaux jours dans les environs de Paris, l'espérer, le voir, et l'espérer encore, étaient l'histoire de sa vie, pauvre d'événements, mais pleine d'amour.

En berçant sur ses genoux par une chanson la fille venue quelques mois avant cette journée, elle se plut à évoquer les souvenirs du temps passé. Elle s'arrêta plus volontiers sur les mois de septembre, époque à laquelle chaque année son Roger l'emmenait à Bellefeuille y passer ces beaux jours qui semblent appartenir à toutes les saisons. La nature est alors aussi prodigue de fleurs que de fruits, les soirées sont tièdes, les matinées sont douces, et l'éclat de l'été succède souvent à la mélancolie de l'automne. Pendant les premiers temps de son amour, elle avait attribué l'égalité d'âme et la douceur de caractère, dont tant de preuves lui furent données par Roger, à la rareté de leurs entrevues toujours désirées et à leur manière de vivre qui ne les mettait pas sans cesse en présence l'un de l'autre, comme le sont deux époux. Elle se souvint alors avec délices que, tourmentée de vaines craintes, elle l'avait épié en tremblant pendant leur premier séjour à cette petite terre du Gatinais. Inutile espionnage d'amour ! chacun de ces mois de bonheur passa comme un songe, au sein d'une félicité qui ne se démentit jamais. Elle avait toujours vu à ce bon être un tendre sourire sur les lèvres, sourire qui semblait être l'écho du sien. À ces tableaux trop vivement évoqués, ses yeux se mouillèrent de larmes, elle crut ne pas aimer assez et fut tentée de voir, dans le malheur de sa situation équivoque, une espèce d'impôt mis par le sort sur son amour. Enfin, une invincible curiosité lui fit chercher pour la millième fois les événements qui pouvaient amener un homme aussi aimant que Roger à ne jouir que d'un bonheur clandestin, illégal. Elle forgea mille romans, précisément pour se dispenser d'admettre la véritable raison, depuis long-temps devinée, mais à laquelle elle essayait de ne pas croire. Elle se leva, tout en gardant son enfant endormi dans ses bras pour aller présider, dans la salle à manger, à tous les préparatifs du dîner. Ce jour était le 6 mai 1822, anniversaire de la promenade au parc de Saint-Leu, pendant laquelle sa vie fut décidée ; aussi chaque année, ce jour ramenait-il une fête de cœur. Caroline désigna le linge qui devait servir au repas et dirigea l'arrangement du dessert. Après avoir pris avec bonheur les soins qui touchaient Roger, elle déposa la petite fille dans sa jolie barcelonnette, vint se placer sur le balcon et ne tarda pas à voir paraître le cabriolet par lequel son ami, parvenu à la maturité de l'homme, avait remplacé l'élégant tilbury des premiers jours. Après avoir essuyé le premier feu des caresses de Caroline et du petit espiègle qui l'appelait papa, Roger alla au berceau, contempla le sommeil de sa fille, la baisa sur le front, et tira de la poche de son habit un long papier bariolé de lignes noires.

– Caroline, dit-il, voici la dot de mademoiselle Eugénie de Bellefeuille.

La mère prit avec reconnaissance le titre dotal, une inscription au grand-livre de la dette publique.

– Pourquoi trois mille francs de rente à Eugénie, quand tu n'as donné que quinze cents francs à Charles ?

– Charles, mon ange, sera un homme, répondit-il. Quinze cents francs lui suffiront. Avec ce revenu, un homme courageux est au-dessus de la misère. Si, par hasard, ton fils est un homme nul, je ne veux pas qu'il puisse faire des folies. S'il a de l'ambition, cette modicité de fortune lui inspirera le goût du travail. Eugénie est femme, il lui faut une dot.

Le père se mit à jouer avec Charles dont les caressantes démonstrations annonçaient l'indépendance et la liberté de son éducation. Aucune crainte établie entre le père et l'enfant ne détruisait ce charme qui récompense la paternité de ses obligations, et la gaieté de cette petite famille était aussi douce que vraie. Le soir, une lanterne magique étala sur une toile blanche ses pièges et ses mystérieux tableaux, à la grande surprise de Charles. Plus d'une fois les joies célestes de cette innocente créature excitèrent des fous rires sur les lèvres de Caroline et de Roger. Quand, plus tard, le petit garçon fut couché, la petite fille s'éveilla demandant sa limpide nourriture. À la clarté d'une lampe, au coin du foyer, dans cette chambre de paix et de plaisir, Roger s'abandonna donc au bonheur de contempler le tableau suave que lui présentait cet enfant suspendu au sein de Caroline blanche, fraîche comme un lis nouvellement éclos et dont les cheveux retombaient en milliers de boucles brunes qui laissaient à peine voir son cou. La lueur faisait ressortir toutes les grâces de cette jeune mère en multipliant sur elle, autour d'elle, sur ses vêtements et sur l'enfant ces effets pittoresques produits par les combinaisons de l'ombre et de la lumière. Le visage de cette femme calme et silencieuse parut mille fois plus doux que jamais à Roger, qui regarda tendrement ces lèvres chiffonnées et vermeilles d'où jamais encore aucune parole discordante n'était sortie. La même pensée brilla dans les yeux de Caroline qui examina Roger du coin de l'œil, soit pour jouir de l'effet qu'elle produisait sur lui, soit pour deviner l'avenir de la soirée.

L'inconnu, qui comprit la coquetterie de ce regard fin, dit avec une feinte tristesse : – Il faut que je parte. J'ai une affaire très-grave à terminer, et l'on m'attend chez moi. Le devoir avant tout, n'est-ce pas, ma chérie ?

Caroline l'espionna d'un air à la fois triste et doux, mais avec cette résignation qui ne laisse ignorer aucune des douleurs d'un sacrifice : – Adieu, dit-elle. Va-t'en ! Si tu restais une heure de plus, je ne te donnerais pas facilement ta liberté.

– Mon ange, répondit-il alors en souriant, j'ai trois jours de congé, et suis censé à vingt lieues de Paris.

Quelques jours après l'anniversaire de ce 6 mai, mademoiselle de Bellefeuille accourut un matin dans la rue Saint-Louis, au Marais, en souhaitant ne pas arriver trop tard dans une maison où elle se rendait ordinairement tous les huit jours. Un exprès venait de lui apprendre que sa mère, madame Crochard, succombait à une complication de douleurs produites chez elle par ses catarrhes et par ses rhumatismes. Pendant que le cocher de fiacre fouettait ses chevaux d'après une invitation pressante que Caroline fortifia par la promesse d'un ample pour-boire, les vieilles femmes timorées desquelles la veuve Crochard s'était fait une société pendant ses derniers jours, introduisaient un prêtre dans l'appartement commode et propre occupé par la vieille comparse au second étage de la maison. La servante de madame Crochard ignorait que la jolie demoiselle chez laquelle sa maîtresse allait souvent dîner fût sa propre fille ; et, l'une des premières, elle sollicita l'intervention d'un confesseur, en espérant que cet ecclésiastique lui serait au moins aussi utile qu'à la malade. Entre deux bostons, ou en se promenant au jardin Turc, les vieilles femmes avec lesquelles la veuve Crochard caquetait tous les jours, avaient réussi à réveiller dans le cœur glacé de leur amie quelques scrupules sur sa vie passée, quelques idées d'avenir, quelques craintes relatives à l'enfer, et certaines espérances de pardon fondées sur un sincère retour à la religion. Dans cette solennelle matinée, trois vieilles femmes de la rue Saint-François et de la Vieille-Rue-du-Temple étaient donc venues s'établir dans le salon où madame Crochard les recevait tous les mardis. À tour de rôle, l'une d'elles quittait son fauteuil pour aller au chevet du lit tenir compagnie à la pauvre vieille, et lui donner de ces faux espoirs avec lesquels on berce les mourants. Cependant, quand la crise leur parut prochaine, lorsque le médecin appelé la veille ne répondit plus de la veuve, les trois dames se consultèrent pour décider s'il fallait avertir mademoiselle de Bellefeuille. Françoise préalablement entendue, il fut arrêté qu'un commissionnaire partirait pour la rue Taitbout prévenir la jeune parente dont l'influence paraissait si redoutable aux quatre femmes ; mais elles espérèrent que l'Auvergnat ramènerait trop tard cette personne dotée d'une si grande part dans l'affection de madame Crochard. Cette veuve, évidemment riche d'un millier d'écus de rente, ne fut si bien choyée par le trio femelle que parce qu'aucune de ces bonnes amies, ni même Françoise, ne lui connaissaient d'héritier. L'opulence dont jouissait mademoiselle de Bellefeuille, à qui madame Crochard s'interdisait de donner le doux nom de fille par suite des us de l'ancien Opéra, légitimait presque le plan formé par ces quatre femmes de se partager la succession de la mourante.

Bientôt celle des trois sibylles qui tenait la malade en arrêt vint montrer une tête branlante au couple inquiet, et dit : – Il est temps d'envoyer chercher monsieur l'abbé Fontanon. Encore deux heures, elle n'aura ni sa tête, ni la force d'écrire un mot.

La vieille servante édentée partit donc, et revint avec un homme vêtu d'une redingote noire. Un front étroit annonçait un petit esprit chez ce prêtre, déjà doué d'une figure commune ; ses joues larges et pendantes, son menton doublé témoignaient d'un bien-être égoïste ; ses cheveux poudrés lui donnaient un air doucereux tant qu'il ne levait pas des yeux bruns, petits, à fleur de tête, et qui n'eussent pas été mal placés sous les sourcils d'un Tartare.

– Monsieur l'abbé, lui disait Françoise, je vous remercie bien de vos avis ; mais aussi, comptez que j'ai eu un fier soin de cette chère femme-là.

La domestique au pas traînant et à la figure en deuil se tut en voyant que la porte de l'appartement était ouverte, et que la plus insinuante des trois douairières stationnait sur le palier pour être la première à parler au confesseur. Quand l'ecclésiastique eut complaisamment essuyé la triple bordée des discours mielleux et dévots des amies de la veuve, il alla s'asseoir au chevet du lit de madame Crochard. La décence et une certaine retenue forcèrent les trois dames et la vieille Françoise de demeurer toutes quatre dans le salon à se faire des mines de douleur qu'il n'appartenait qu'à ces faces ridées de jouer avec autant de perfection.

– Ah ! c'est-y malheureux ! s'écria Françoise en poussant un soupir. Voilà pourtant la quatrième maîtresse que j'aurai le chagrin d'enterrer. La première m'a laissé cent francs de viager, la seconde cinquante écus, et la troisième mille écus de comptant. Après trente ans de service, voilà tout ce que je possède !

La servante usa de son droit d'aller et venir pour se rendre dans un petit cabinet d'où elle pouvait entendre le prêtre.

– Je vois avec plaisir, disait Fontanon, que vous avez, ma fille, des sentiments de piété ; vous portez sur vous une sainte relique…

Madame Crochard fit un mouvement vague qui n'annonçait pas qu'elle eût tout son bon sens, car elle montra la croix impériale de la Légion-d'Honneur. L'ecclésiastique recula d'un pas en voyant la figure de l'empereur ; puis il se rapprocha bientôt de sa pénitente, qui s'entretint avec lui d'un ton si bas que pendant quelque temps Françoise n'entendit rien.

– Malédiction sur moi ! s'écria tout à coup la vieille, ne m'abandonnez pas. Comment, monsieur l'abbé, vous croyez que j'aurai à répondre de l'âme de ma fille ?

L'ecclésiastique parlait trop bas et la cloison était trop épaisse pour que Françoise pût tout entendre.

– Hélas ! s'écria la veuve en pleurant, le scélérat ne m'a rien laissé dont je pusse disposer. En prenant ma pauvre Caroline, il m'a séparée d'elle et ne m'a constitué que trois mille livres de rente dont le fonds appartient à ma fille.

– Madame a une fille et n'a que du viager, cria Françoise en accourant au salon.

Les trois vieilles se regardèrent avec un étonnement profond. Celle d'entre elles dont le nez et le menton prêts à se joindre trahissaient une sorte de supériorité d'hypocrisie et de finesse, cligna des yeux, et dès que Françoise eut tourné le dos, elle fit à ses deux amies un signe qui voulait dire : – Cette fille est une fine mouche, elle a déjà été couchée sur trois testaments. Les trois vieilles femmes restèrent donc ; mais l'abbé reparut bientôt et quand il eut dit un mot, les sorcières dégringolèrent de compagnie les escaliers après lui, laissant Françoise seule avec sa maîtresse. Madame Crochard, dont les souffrances redoublèrent cruellement, eut beau sonner en ce moment sa servante, celle-ci se contentait de crier : – Eh ! on y va ! Tout à l'heure ! Les portes des armoires et des commodes allaient et venaient comme si Françoise eût cherché quelque billet de loterie égaré. À l'instant où cette crise atteignait à son dernier période, mademoiselle de Bellefeuille arriva auprès du lit de sa mère pour lui prodiguer de douces paroles.

– Oh ! ma pauvre mère, combien je suis criminelle ! Tu souffres, et je ne le savais pas, mon cœur ne me le disait pas ! Mais me voici…

– Caroline…

– Quoi ?

– Elles m'ont amené un prêtre.

– Mais un médecin donc, reprit mademoiselle de Bellefeuille. Françoise, un médecin ! Comment ces dames n'ont-elles pas envoyé chercher le docteur ?

– Elles m'ont amené un prêtre, reprit la vieille en poussant un soupir.

– Comme elle souffre ! et pas une potion calmante, rien sur sa table.

La mère fit un signe indistinct, mais que l'œil pénétrant de Caroline devina, car elle se tut pour la laisser parler.

– Elles m'ont amené un prêtre… soi-disant pour me confesser. – Prends garde à toi, Caroline, lui cria péniblement la vieille comparse par un dernier effort, le prêtre m'a arraché le nom de ton bienfaiteur.

– Et qui a pu te le dire, ma pauvre mère ?

La vieille expira en essayant de prendre un air malicieux. Si mademoiselle de Bellefeuille avait pu observer le visage de sa mère, elle eût vu ce que personne ne verra, rire la Mort.

Pour comprendre l'intérêt que cache l'introduction de cette scène, il faut en oublier un moment les personnages, pour se prêter au récit d'événements antérieurs, mais dont le dernier se rattache à la mort de madame Crochard. Ces deux parties formeront alors une même histoire qui, par une loi particulière à la vie parisienne, avait produit deux actions distinctes.

Vers la fin du mois de mars 1806, un jeune avocat, âgé d'environ vingt-six ans, descendait vers trois heures du matin le grand escalier de l'hôtel où demeurait l'Archi-Chancelier de l'Empire. Arrivé dans la cour, en costume de bal, par une fine gelée, il ne put s'empêcher de jeter une douloureuse exclamation où perçait néanmoins cette gaieté qui abandonne rarement un Français, car il n'aperçut pas de fiacre à travers les grilles de l'hôtel, et n'entendit dans le lointain aucun de ces bruits produits par les sabots ou par la voix enrouée des cochers parisiens. Quelques coups de pied frappés de temps en temps par les chevaux du Grand-Juge que le jeune homme venait de laisser à la bouillotte de Cambacérès retentissaient dans la cour de l'hôtel à peine éclairée par les lanternes de la voiture. Tout à coup le jeune homme, amicalement frappé sur l'épaule, se retourna, reconnut le Grand-Juge et le salua. Au moment où le laquais dépliait le marche-pied du carrosse, l'ancien législateur de la Convention devina l'embarras de l'avocat.

– La nuit tous les chats sont gris, lui dit-il gaiement. Le Grand-Juge ne se compromettra pas en mettant un avocat dans son chemin ! Surtout, ajouta-t-il, si cet avocat est le neveu d'un ancien collègue, l'une des lumières de ce grand Conseil-d'État qui a donné le Code Napoléon à la France.

Le piéton monta dans la voiture sur un geste du chef suprême de la justice impériale.

– Où demeurez-vous ? demanda le ministre à l'avocat avant que la portière ne fût refermée par le valet de pied qui attendait l'ordre.

– Quai des Augustins, monseigneur.

Les chevaux partirent, et le jeune homme se vit en tête-à-tête avec un ministre auquel il avait tenté vainement d'adresser la parole avant et après le somptueux dîner de Cambacérès, car le Grand-Juge l'avait visiblement évité pendant toute la soirée.

– Eh ! bien, monsieur de Granville, vous êtes en assez beau chemin !

– Mais, tant que je serai à côté de Votre Excellence…

— Je ne plaisante pas, dit le ministre. Votre stage est terminé depuis deux ans, et vos défenses dans le procès Ximeuse et d'Hauteserre vous ont placé bien haut.

— J'ai cru jusqu'aujourd'hui que mon dévouement à ces malheureux émigrés me nuisait.

— Vous êtes bien jeune, dit le ministre d'un ton grave. Mais, reprit-il après une pause, vous avez beaucoup plu ce soir à l'Archi-Chancelier. Entrez dans la magistrature du parquet, nous manquons de sujets. Le neveu d'un homme à qui Cambacérès et moi nous portons le plus vif intérêt ne doit pas rester avocat faute de protection. Votre oncle nous a aidés à traverser des temps bien orageux, et ces sortes de services ne s'oublient pas.

Le ministre se tut pendant un moment.

— Avant peu, reprit-il, j'aurai trois places vacantes au tribunal de première instance et à la cour impériale de Paris, venez alors me voir, et choisissez celle qui vous conviendra. Jusque-là travaillez, mais ne vous présentez point à mes audiences. D'abord, je suis accablé de travail ; puis vos concurrents devineraient vos intentions et pourraient vous nuire auprès du patron. Cambacérès et moi en ne vous disant pas un mot ce soir, nous vous avons garanti des dangers de la faveur.

Au moment où le ministre acheva ces derniers mots, la voiture s'arrêtait sur le quai des Augustins, le jeune avocat remercia son généreux protecteur avec une effusion de cœur assez vive des deux places qu'il lui avait accordées, et se mit à frapper rudement à la porte, car la bise sifflait avec rigueur sur ses mollets. Enfin un vieux portier tira le cordon, et quand l'avocat passa devant la loge : — Monsieur Granville, il y a une lettre pour vous, cria-t-il d'une voix enrouée.

Le jeune homme prit la lettre, et tâcha, malgré le froid, d'en lire l'écriture à la lueur d'un pâle réverbère dont la mèche était sur le point d'expirer.

– C'est de mon père ! s'écria-t-il en prenant son bougeoir que le portier finit par allumer. Et il monta rapidement dans son appartement pour y lire la lettre suivante :

« Prends le courrier, et si tu peux arriver promptement ici, ta fortune est faite. Mademoiselle Angélique Bontems a perdu sa sœur, la voilà fille unique, et nous savons qu'elle ne te hait pas. Maintenant, madame Bontems peut lui laisser à peu près quarante mille francs de rentes, outre ce qu'elle lui donnera en dot. J'ai préparé les voies. Nos amis s'étonneront de voir d'anciens nobles s'allier à la famille Bontems. Le père Bontems a été un bonnet rouge foncé qui possédait force biens nationaux achetés à vil prix. Mais d'abord il n'a eu que des prés de moines qui ne reviendront jamais ; puis, si tu as déjà dérogé en te faisant avocat, je ne vois pas pourquoi nous reculerions devant une autre concession aux idées actuelles. La petite aura trois cent mille francs, je t'en donne cent, le bien de ta mère doit valoir cinquante mille écus ou à peu près, je te vois donc en position, mon cher fils, si tu veux te jeter dans la magistrature, de devenir sénateur tout comme un autre. Mon beau-frère le Conseiller d'État ne te donnera pas un coup de main pour cela, par exemple ; mais, comme il n'est pas marié, sa succession te reviendra un jour : si tu n'étais pas sénateur de ton chef, tu aurais donc sa survivance. De là tu seras juché assez haut pour voir venir les événements. Adieu, je t'embrasse.

« F. comte de Granville. »

Le jeune de Granville se coucha donc en faisant mille projets plus beaux les uns que les autres. Puissamment protégé par l'Archi-Chancelier, par le Grand-Juge et par son oncle maternel, l'un des rédacteurs du Code, il allait débuter dans un poste envié, devant la première Cour de l'Empire, et se voyait membre de ce parquet où Napoléon choisissait les hauts fonctionnaires de son Empire. Il se présentait de plus une fortune assez brillante pour l'aider à soutenir son rang, auquel n'aurait pas suffi le chétif revenu de cinq mille francs que lui donnait une terre recueillie par lui dans la succession de sa mère.

Pour compléter ses rêves d'ambition par le bonheur, il évoqua la figure naïve de mademoiselle Angélique Bontems, la compagne des jeux de son enfance. Tant qu'il n'eut pas l'âge de raison, son père et sa mère ne s'opposèrent point à son intimité avec la jolie fille de leur voisin de campagne ; mais quand, pendant les courtes apparitions que les vacances lui laissaient faire à Bayeux, ses parents, entichés de noblesse, s'aperçurent de son amitié pour la jeune fille, ils lui défendirent de penser à elle. Depuis dix ans, Granville n'avait donc pu voir que par moments celle qu'il nommait sa petite femme. Dans ces moments, dérobés à l'active surveillance de leurs familles, à peine échangèrent-ils de vagues paroles en passant l'un devant l'autre dans l'église ou dans la rue. Leurs plus beaux jours furent ceux où, réunis par l'une de ces fêtes champêtres nommées en Normandie des assemblées, ils s'examinèrent furtivement et en perspective. Pendant ses dernières vacances, Granville vit deux fois Angélique, et le regard baissé, l'attitude triste de sa petite femme lui firent juger qu'elle était courbée sous quelque despotisme inconnu.

Arrivé dès sept heures du matin au bureau des Messageries de la rue Notre-Dame-des-Victoires, le jeune avocat trouva heureusement une place dans la voiture qui partait à cette heure pour la ville de Caen. L'avocat stagiaire ne revit pas sans une émotion profonde les clochers de la cathédrale de Bayeux. Aucune espérance de sa vie n'ayant encore été trompée, son cœur s'ouvrait aux beaux sentiments qui agitent de jeunes âmes. Après le trop long banquet d'allégresse pour lequel il était attendu par son père et par quelques amis, l'impatient jeune homme fut conduit vers une certaine maison située rue Teinture, et bien connue de lui. Le cœur lui battit avec force quand son père, que l'on continuait d'appeler à Bayeux le comte de Granville, frappa rudement à une porte cochère dont la peinture verte tombait par écailles. Il était environ quatre heures du soir. Une jeune servante, coiffée d'un bonnet de coton, salua les deux messieurs par une courte révérence, et répondit que ces dames allaient bientôt revenir de vêpres.

Le comte et son fils entrèrent dans une salle basse servant de salon, et semblable au parloir d'un couvent. Des lambris en noyer poli assombrissaient cette pièce, autour de laquelle quelques chaises en tapisserie et d'antiques fauteuils étaient symétriquement rangés. La cheminée en pierre n'avait pour tout ornement qu'une glace verdâtre, de chaque côté de laquelle sortaient les branches contournées de ces anciens candélabres fabriqués à l'époque de la paix d'Utrecht. Sur la boiserie en face de cette cheminée, le jeune Granville aperçut un énorme crucifix d'ébène et d'ivoire entouré de buis bénit. Quoiqu'éclairée par trois croisées qui tiraient leur jour d'un jardin de province dont les carrés symétriques étaient dessinés par de longues raies de buis, la pièce en recevait si peu de jour, qu'à peine voyait-on sur la muraille parallèle à ces croisées trois tableaux d'église dus à quelque savant pinceau, et achetés sans doute pendant la révolution par le vieux Bontems, qui, en sa qualité de chef du district, n'oublia jamais ses intérêts. Depuis le plancher, soigneusement ciré, jusqu'aux rideaux de toile à carreaux verts, tout brillait d'une propreté monastique. Involontairement le cœur du jeune homme se serra dans cette silencieuse retraite où vivait Angélique. La continuelle habitation des brillants salons de Paris et le tourbillon des fêtes avaient facilement effacé les existences sombres et paisibles de la province dans le souvenir de Granville, aussi le contraste fut-il pour lui si subit, qu'il éprouva une sorte de frémissement intérieur. Sortir d'une assemblée chez Cambacérès où la vie se montrait si ample, où les esprits avaient de l'étendue, où la gloire impériale se reflétait vivement, et tomber tout à coup dans un cercle d'idées mesquines, n'était-ce pas être transporté de l'Italie au Groënland ?

— Vivre ici, ce n'est pas vivre, se dit-il en examinant ce salon de méthodiste.

Le vieux comte, qui s'aperçut de l'étonnement de son fils, alla le prendre par la main, l'entraîna devant une croisée d'où venait encore un peu de jour, et pendant que la servante allumait les vieilles bougies des flambeaux, il essaya de dissiper les nuages que cet aspect amassait sur son front.

— Écoute, mon enfant, lui dit-il, la veuve du père Bontems est furieusement dévote. Quand le diable devint vieux… tu sais ! Je vois que l'air du bureau te fait faire la grimace. Eh bien, voici la vérité. La vieille femme est assiégée par les prêtres, ils lui ont persuadé qu'il était toujours temps de gagner le ciel, et pour être plus sûre d'avoir saint Pierre et ses clefs, elle les achète. Elle va à la messe tous les jours, entend tous les offices, communie tous les dimanches que Dieu fait, et s'amuse à restaurer les chapelles. Elle a donné à la cathédrale tant d'ornements, d'aubes, de chapes ; elle a chamarré le dais de tant de plumes, qu'à la procession de la dernière Fête-Dieu il y avait une foule comme à une pendaison pour voir les prêtres magnifiquement habillés et leurs ustensiles dorés à neuf. Aussi, cette maison est-elle une vraie terre-sainte. C'est moi qui ai empêché la vieille folle de donner ces trois tableaux à l'église, un Dominiquin, un Corrége et un André del Sarto qui valent beaucoup d'argent.

— Mais Angélique, demanda vivement le jeune homme.

— Si tu ne l'épouses pas, Angélique est perdue, dit le comte. Nos bons apôtres lui ont conseillé de vivre vierge et martyre. J'ai eu toutes les peines du monde à réveiller son petit cœur en lui parlant de toi, quand je l'ai vue fille unique ; mais tu comprends aisément qu'une fois mariée, tu l'emmèneras à Paris. Là, les fêtes, le mariage, la comédie et l'entraînement de la vie parisienne lui feront facilement oublier les confessionnaux, les jeûnes, les cilices et les messes dont se nourrissent exclusivement ces créatures.

— Mais les cinquante mille livres de rentes provenues des biens ecclésiastiques ne retourneront-elles pas…

– Nous y voilà, s'écria le comte d'un air fin. En considération du mariage, car la vanité de madame Bontems n'a pas été peu chatouillée par l'idée d'enter les Bontems sur l'arbre généalogique des Granville, la susdite mère donne sa fortune en toute propriété à la petite, en ne s'en réservant que l'usufruit. Aussi le sacerdoce s'oppose-t-il à ton mariage ; mais j'ai fait publier les bans, tout est prêt, et en huit jours tu seras hors des griffes de la mère ou de ses abbés. Tu posséderas la plus jolie fille de Bayeux, une petite commère qui ne te donnera pas de chagrin, parce que ça aura des principes. Elle a été mortifiée, comme ils disent dans leur jargon, par les jeûnes, par les prières, et ajouta-t-il à voix basse, par sa mère.

Un coup frappé discrètement à la porte imposa silence au comte, qui crut voir entrer les deux dames. Un petit domestique à l'air affairé se montra ; mais, intimidé par l'aspect des deux personnages, il fit un signe à la bonne qui vint près de lui. Vêtu d'un gilet de drap bleu à petites basques qui flottaient sur ses hanches, et d'un pantalon rayé bleu et blanc, ce garçon avait les cheveux coupés en rond : sa figure ressemblait à celle d'un enfant de chœur, tant elle peignait cette componction forcée que contractent tous les habitants d'une maison dévote.

– Mademoiselle Gatienne, savez-vous où sont les livres pour l'office de la Vierge ? Les dames de la congrégation du Sacré-Cœur font ce soir une procession dans l'église.

Gatienne alla chercher les livres.

– Y en a-t-il encore pour long-temps, mon petit milicien, demanda le comte.

– Oh ! pour une demi-heure au plus.

– Allons voir ça, il y a de jolies femmes, dit le père à son fils. D'ailleurs, une visite à la cathédrale ne peut pas nous nuire.

Le jeune avocat suivit son père d'un air irrésolu.

– Qu'as-tu donc ? lui demanda le comte.

– J'ai, mon père, j'ai… que j'ai raison.

– Tu n'as encore rien dit.

– Oui, mais j'ai pensé que vous avez conservé dix mille livres de rente de votre ancienne fortune, vous me les laisserez le plus tard possible, je le désire ; mais si vous me donnez cent mille francs pour faire un sot mariage, vous me permettrez de ne vous en demander que cinquante mille pour éviter un malheur et jouir, tout en restant garçon, d'une fortune égale à celle que pourrait m'apporter votre demoiselle Bontems.

– Es-tu fou ?

– Non, mon père. Voici le fait : le Grand-Juge m'a promis avant-hier une place au parquet de Paris. Cinquante mille francs, joints à ce que je possède et aux appointements de ma place, me feront un revenu de douze mille francs. J'aurai, certes alors, des chances de fortune mille fois préférables à celles d'une alliance aussi pauvre de bonheur qu'elle est riche en biens.

– On voit bien, répondit le père en souriant, que tu n'as pas vécu dans l'ancien régime. Est-ce que nous sommes jamais embarrassés d'une femme, nous autres !…

– Mais, mon père, aujourd'hui le mariage est devenu…

– Ah çà ! dit le comte en interrompant son fils, tout ce que mes vieux camarades d'émigration me chantent est donc bien vrai ? La révolution nous a donc légué des mœurs sans gaieté, elle a donc empesté les jeunes gens de principes équivoques ? Tout comme mon beau-frère le jacobin, tu vas me parler de nation, de morale publique, de désintéressement. Ô mon Dieu ! sans les sœurs de l'empereur, que deviendrions-nous ?

Ce vieillard encore vert, que les paysans de ses terres appelaient toujours le seigneur de Granville, acheva ces paroles en entrant sous les voûtes de la cathédrale. Nonobstant la sainteté des lieux, il fredonna, tout en prenant de l'eau bénite, un air de l'opéra de Rose et Colas, et guida son fils le long des galeries latérales de la nef, en s'arrêtant à chaque pilier pour examiner dans l'église les rangées de têtes qui s'y trouvaient alignées comme le sont des soldats à la parade. L'office particulier du Sacré-Cœur allait commencer. Les dames affiliées à cette congrégation étant placées près du chœur, le comte et son fils se dirigèrent vers cette portion de la nef, et s'adossèrent à l'un des piliers les plus obscurs, d'où ils purent apercevoir la masse entière de ces têtes qui ressemblaient à une prairie émaillée de fleurs. Tout à coup, à deux pas du jeune Granville, une voix plus douce qu'il ne semblait possible à créature humaine de la posséder, détonna comme le premier rossignol qui chante après l'hiver. Quoiqu'accompagnée de mille voix de femmes et par les sons de l'orgue, cette voix remua ses nerfs comme s'ils eussent été attaqués par les notes trop riches et trop vives de l'harmonica. Le parisien se retourna, vit une jeune personne dont la figure était, par suite de l'inclination de sa tête, entièrement ensevelie sous un large chapeau d'étoffe blanche, et pensa que d'elle seule venait cette claire mélodie ; il crut reconnaître Angélique, malgré la pelisse de mérinos brun qui l'enveloppait, et poussa le bras de son père.

– Oui, c'est elle, dit le comte après avoir regardé dans la direction que lui indiquait son fils.

Le vieux seigneur montra par un geste le visage pâle d'une vieille femme dont les yeux fortement bordés d'un cercle noir avaient déjà vu les étrangers sans que son regard faux eût paru quitter le livre de prières qu'elle tenait.

Angélique leva la tête vers l'autel, comme pour aspirer les parfums pénétrants de l'encens dont les nuages arrivaient jusqu'aux deux femmes. À la lueur mystérieuse répandue dans ce sombre vaisseau par les cierges, la lampe de la nef et quelques bougies allumées aux piliers, le jeune homme aperçut alors une figure qui ébranla ses résolutions. Un chapeau de moire blanche encadrait exactement un visage d'une admirable régularité, par l'ovale que décrivait le ruban de satin noué sous un petit menton à fossette. Sur un front étroit, mais très-mignon, des cheveux couleur d'or pâle se séparaient en deux bandeaux et retombaient autour des joues comme l'ombre d'un feuillage sur une touffe de fleurs. Les deux arcs des sourcils étaient dessinés avec cette correction que l'on admire dans les belles figures chinoises. Le nez, presque aquilin, possédait une fermeté rare dans ses contours, et les deux lèvres ressemblaient à deux lignes roses tracées avec amour par un pinceau délicat. Les yeux, d'un bleu pâle, exprimaient la candeur. Si Granville remarqua dans ce visage une sorte de rigidité silencieuse, il put l'attribuer aux sentiments de dévotion qui animaient alors Angélique. Les saintes paroles de la prière passaient entre deux rangées de perles d'où le froid permettait de voir sortir comme un nuage de parfums. Involontairement le jeune homme essaya de se pencher pour respirer cette haleine divine. Ce mouvement attira l'attention de la jeune fille, et son regard fixe élevé vers l'autel se tourna sur Granville, que l'obscurité ne lui laissa voir qu'indistinctement, mais en qui elle reconnut le compagnon de son enfance : un souvenir plus puissant que la prière vint donner un éclat surnaturel à son visage, elle rougit. L'avocat tressaillit de joie en voyant les espérances de l'autre vie vaincues par les espérances de l'amour, et la gloire du sanctuaire éclipsée par des souvenirs terrestres ; mais son triomphe dura peu : Angélique abaissa son voile, prit une contenance calme, et se remit à chanter sans que le timbre de sa voix accusât la plus légère émotion. Granville se trouva sous la tyrannie d'un seul désir et toutes ses idées de prudence s'évanouirent. Quand l'office fut terminé, son impatience était déjà devenue si grande, que, sans laisser les deux dames retourner seules chez elles, il vint aussitôt saluer sa petite femme. Une reconnaissance timide de part et d'autre se fit sous le porche de la cathédrale, en présence des fidèles. Madame Bontems trembla d'orgueil en prenant le bras du comte de Granville, qui, forcé de le lui offrir devant tant de monde, sut fort mauvais gré à son fils d'une impatience si peu décente.

Pendant environ quinze jours qui s'écoulèrent entre la présentation officielle du jeune vicomte de Granville comme prétendu de mademoiselle Bontems, et le jour solennel de son mariage, il vint assidûment trouver son amie dans le sombre parloir, auquel il s'accoutuma. Ses longues visites eurent pour but d'épier le caractère d'Angélique, car sa prudence s'était heureusement réveillée le lendemain de son entrevue. Il surprit presque toujours sa future assise devant une petite table en bois de Sainte-Lucie, et occupée à marquer elle-même le linge qui devait composer son trousseau. Angélique ne parla jamais la première de religion. Si le jeune avocat se plaisait à jouer avec le riche chapelet contenu dans un petit sac en velours vert, s'il contemplait en riant la relique qui accompagne toujours cet instrument de dévotion, Angélique lui prenait doucement le chapelet des mains en lui jetant un regard suppliant, et, sans mot dire, le remettait dans le sac qu'elle serrait aussitôt. Si parfois Granville se hasardait malicieusement à déclamer contre certaines pratiques de la religion, la jolie Normande l'écoutait en lui opposant le sourire de la conviction.

– Il ne faut rien croire, ou croire tout ce que l'Église enseigne, répondait-elle. Voudriez-vous pour la mère de vos enfants, d'une fille sans religion ? non. Quel homme oserait être juge entre les incrédules et Dieu ? Eh ! bien, comment puis-je blâmer ce que l'Église admet ?

Angélique semblait animée par une si onctueuse charité, le jeune avocat lui voyait tourner sur lui des regards si pénétrés, qu'il fut parfois tenté d'embrasser la religion de sa prétendue ; la conviction profonde où elle était de marcher dans le vrai sentier réveilla dans le cœur du futur magistrat des doutes qu'elle essayait d'exploiter. Granville commit alors l'énorme faute de prendre les prestiges du désir pour ceux de l'amour. Angélique fut si heureuse de concilier la voix de son cœur et celle du devoir en s'abandonnant à une inclination conçue dès son enfance, que l'avocat trompé ne put savoir laquelle de ces deux voix était la plus forte. Les jeunes gens ne sont-ils pas tous disposés à se fier aux promesses d'un joli visage, à conclure de la beauté de l'âme par celle des traits ? un sentiment indéfinissable les porte à croire que la perfection morale concorde toujours à la perfection physique. Si la religion n'eût pas permis à Angélique de se livrer à ses sentiments, ils se seraient bientôt séchés dans son cœur comme une plante arrosée d'un acide mortel. Un amoureux aimé pouvait-il reconnaître un fanatisme si bien caché ? Telle fut l'histoire des sentiments du jeune Granville pendant cette quinzaine dévorée comme un livre dont le dénouement intéresse. Angélique attentivement épiée lui parut être la plus douce de toutes les femmes, et il se surprit même à rendre grâce à madame Bontems, qui, en lui inculquant si fortement des principes religieux, l'avait en quelque sorte façonnée aux peines de la vie.

Au jour choisi pour la signature du fatal contrat, madame Bontems fit solennellement jurer à son gendre de respecter les pratiques religieuses de sa fille, de lui donner une entière liberté de conscience, de la laisser communier, aller à l'église, à confesse, autant qu'elle le voudrait, et de ne jamais la contrarier dans le choix de ses directeurs. En ce moment solennel, Angélique contempla son futur d'un air si pur et si candide, que Granville n'hésita pas à prêter le serment demandé. Un sourire effleura les lèvres de l'abbé Fontanon, homme pâle qui dirigeait les consciences de la maison. Par un léger mouvement de tête, mademoiselle Bontems promit à son ami de ne jamais abuser de cette liberté de conscience. Quant au vieux comte, il siffla tout bas l'air de : Va-t'en voir s'ils viennent !

Après quelques jours accordés aux retours de noce si fameux en province, Granville et sa femme revinrent à Paris où le jeune avocat fut appelé par sa nomination aux fonctions d'Avocat-Général près la cour impériale de la Seine. Quand les deux époux y cherchèrent un appartement, Angélique employa l'influence que la lune de miel prête à toutes les femmes pour déterminer Granville à prendre un grand appartement situé au rez-de-chaussée d'un hôtel qui faisait le coin de la Vieille-Rue-du-Temple et de la rue Neuve-Saint-François. La principale raison de son choix fut que cette maison se trouvait à deux pas de la rue d'Orléans où il y avait une église, et voisine d'une petite chapelle, sise rue Saint-Louis.

– Il est d'une bonne ménagère de faire des provisions, lui répondit son mari en riant.

Angélique lui fit observer avec justesse que le quartier du Marais avoisine le Palais de Justice, et que les magistrats qu'ils venaient de visiter y demeuraient. Un jardin assez vaste donnait, pour un jeune ménage, du prix à l'appartement : les enfants, si le Ciel leur en envoyait, pourraient y prendre l'air, la cour était spacieuse, les écuries étaient belles. L'Avocat-Général désirait habiter un hôtel de la Chaussée-d'Antin où tout est jeune et vivant, où les modes apparaissent dans leur nouveauté, où la population des boulevards est élégante, d'où il y a moins de chemin à faire pour gagner les spectacles et rencontrer des distractions ; mais il fut obligé de céder aux patelineries d'une jeune femme qui réclamait une première grâce, et pour lui complaire il s'enterra dans le Marais. Les fonctions de Granville nécessitèrent un travail d'autant plus assidu qu'il fut nouveau pour lui, il s'occupa donc avant tout de l'ameublement de son cabinet et de l'emménagement de sa bibliothèque ; il s'installa promptement dans une pièce bientôt encombrée de dossiers, et laissa sa jeune femme diriger la décoration de la maison. Il jeta d'autant plus volontiers Angélique dans l'embarras des premières acquisitions de ménage, source de tant de plaisirs et de souvenirs pour les jeunes femmes, qu'il fut honteux de la priver de sa présence plus souvent que ne le voulaient les lois de la lune de miel.

Une fois au fait de son travail, l'Avocat-Général permit à sa femme de le prendre par le bras, de le tirer hors de son cabinet, et de l'emmener pour lui montrer l'effet des ameublements et des décorations qu'il n'avait encore vus qu'en détail ou par parties. S'il est vrai, d'après un adage, qu'on puisse juger une femme en voyant la porte de sa maison, les appartements doivent traduire son esprit avec encore plus de fidélité. Soit que madame de Granville eût accordé sa confiance à des tapissiers sans goût, soit qu'elle eût inscrit son propre caractère dans un monde de choses ordonné par elle, le jeune magistrat fut surpris de la sécheresse et de la froide solennité qui régnaient dans ses appartements : il n'y aperçut rien de gracieux, tout y était discord, rien ne récréait les yeux. L'esprit de rectitude et de petitesse empreint dans le parloir de Bayeux revivait dans son hôtel, sous de larges lambris circulairement creusés et ornés de ces arabesques dont les longs filets contournés sont de si mauvais goût. Dans le désir d'excuser sa femme, le jeune homme revint sur ses pas, examina de nouveau la longue antichambre haute d'étage par laquelle on entrait dans l'appartement : la couleur des boiseries demandée au peintre par sa femme était trop sombre, et le velours d'un vert très-foncé qui couvrait les banquettes ajoutait au sérieux de cette pièce, peu importante il est vrai, mais qui donne toujours l'idée d'une maison, de même qu'on juge l'esprit d'un homme sur sa première phrase. Une antichambre est une espèce de préface qui doit tout annoncer, mais ne rien promettre. Le jeune substitut se demanda si sa femme avait pu choisir la lampe à lanterne antique qui se trouvait au milieu de cette salle nue, pavée d'un marbre blanc et noir, décorée d'un papier où étaient simulées des assises de pierres sillonnées çà et là de mousse verte. Un riche mais vieux baromètre était accroché au milieu d'une des parois, comme pour en mieux faire sentir le vide. À cet aspect, le jeune homme regarda sa femme, il la vit si contente des galons rouges qui bordaient les rideaux de percale, si contente du baromètre et de la statue décente, ornement d'un grand poêle gothique, qu'il n'eut pas le barbare courage de détruire de si fortes illusions. Au lieu de condamner sa femme, Granville se condamna lui-même, il s'accusa d'avoir manqué à son premier devoir, qui lui commandait de guider à Paris les premiers pas d'une jeune fille élevée à Bayeux.

Sur cet échantillon, qui ne devinerait pas la décoration des autres pièces ? Que pouvait-on attendre d'une jeune femme qui prenait l'alarme en voyant les jambes nues d'une cariatide, qui repoussait avec vivacité un candélabre, un flambeau, un meuble, dès qu'elle y apercevait la nudité d'un torse égyptien ? À cette époque l'école de David arrivait à l'apogée de sa gloire, tout se ressentait en France de la correction de son dessin et de son amour pour les formes antiques qui fit en quelque sorte de sa peinture une sculpture coloriée. Aucune de toutes les inventions du luxe impérial n'obtint droit de bourgeoisie chez madame de Granville. L'immense salon carré de son hôtel conserva le blanc et l'or fanés qui l'ornaient au temps de Louis XV, et où l'architecte avait prodigué les grilles en losanges et ces insupportables festons dus à la stérile fécondité des crayons de cette époque. Si l'harmonie eût régné du moins, si les meubles eussent fait affecter à l'acajou moderne les formes contournées mises à la mode par le goût corrompu de Boucher, la maison d'Angélique n'aurait offert que le plaisant contraste de jeunes gens vivant au dix-neuvième siècle comme s'ils eussent appartenu au dix-huitième ; mais une foule de choses y produisaient des antithèses ridicules pour les yeux. Les consoles, les pendules, les flambeaux représentaient ces attributs guerriers que les triomphes de l'Empire rendirent si chers à Paris. Ces casques grecs, ces épées romaines croisées, les boucliers dus à l'enthousiasme militaire et qui décoraient les meubles les plus pacifiques, ne s'accordaient guère avec les délicates et prolixes arabesques, délices de madame de Pompadour. La dévotion porte à je ne sais quelle humilité fatigante qui n'exclut pas l'orgueil. Soit modestie, soit penchant, madame de Granville semblait avoir horreur des couleurs douces et claires. Peut-être aussi pensa-t-elle que la pourpre et le brun convenaient à la dignité du magistrat. Mais, comment une jeune fille accoutumée à une vie austère aurait-elle pu concevoir ces voluptueux divans qui inspirent de mauvaises pensées, ces boudoirs élégants et perfides où s'ébauchent les péchés ? Le pauvre magistrat fut désolé. Au ton d'approbation par lequel il souscrivit aux éloges que sa femme se donnait elle-même, elle s'aperçut que rien ne plaisait à son mari. Elle manifesta tant de chagrin de n'avoir pas réussi, que l'amoureux Granville vit une preuve d'amour dans cette peine profonde, au lieu d'y voir une blessure faite à l'amour-propre. Une jeune fille subitement arrachée à la médiocrité des idées de province, inhabile aux coquetteries, à l'élégance de la vie parisienne, pouvait-elle donc mieux faire ? Le magistrat préféra croire que les choix de sa femme avaient été dominés par les fournisseurs, plutôt que de s'avouer la vérité. Moins amoureux, il eût senti que les marchands, prompts à deviner l'esprit de leurs chalands, avaient béni le Ciel de leur avoir envoyé une jeune dévote sans goût, pour les aider à se débarrasser des choses passées de mode. Il consola donc sa jolie Normande.

– Le bonheur, ma chère Angélique, ne nous vient pas d'un meuble plus ou moins élégant, il dépend de la douceur, de la complaisance et de l'amour d'une femme.

– Mais c'est mon devoir de vous aimer, et jamais devoir ne me plaira tant à accomplir, reprit doucement Angélique.

La nature a mis dans le cœur de la femme un tel désir de plaire, un tel besoin d'amour, que, même chez une jeune dévote, les idées d'avenir et de salut doivent succomber sous les premières joies de l'hyménée. Aussi, depuis le mois d'avril, époque à laquelle ils s'étaient mariés, jusqu'au commencement de l'hiver, les deux époux vécurent-ils dans une parfaite union. L'amour et le travail ont la vertu de rendre un homme assez indifférent aux choses extérieures. Obligé de passer au Palais la moitié de la journée, appelé à débattre les graves intérêts de la vie ou de la fortune des hommes, Granville put moins qu'un autre apercevoir certaines choses dans l'intérieur de son ménage. Si, le vendredi, sa table se trouva servie en maigre, si par hasard il demanda sans l'obtenir un plat de viande, sa femme, à qui l'Évangile interdisait tout mensonge, sut néanmoins par de petites ruses permises dans l'intérêt de la religion, rejeter son dessein prémédité sur son étourderie ou sur le dénûment des marchés ; elle se justifia souvent aux dépens du cuisinier et alla quelquefois jusqu'à le gronder. À cette époque les jeunes magistrats n'observaient pas comme aujourd'hui les jeûnes, les quatre-temps et les veilles de fêtes, ainsi Granville ne remarqua point d'abord la périodicité de ces repas maigres que sa femme eut d'ailleurs le soin perfide de rendre très-délicats au moyen de sarcelles, de poules d'eau, de pâtés au poisson dont les chairs amphibies ou l'assaisonnement trompaient le goût. Le magistrat vécut donc très-orthodoxement sans le savoir et fit son salut incognito. Les jours ordinaires, il ignorait si sa femme allait ou non à la messe ; les dimanches, par une condescendance assez naturelle il l'accompagnait à l'église, comme pour lui tenir compte de ce qu'elle lui sacrifiait quelquefois les vêpres. Les spectacles étant insupportables en été à cause des chaleurs, Granville n'eut pas même l'occasion d'une pièce à succès pour proposer à sa femme de la mener à la comédie. Ainsi la grave question du théâtre ne fut pas agitée. Enfin, dans les premiers moments d'un mariage auquel un homme a été déterminé par la beauté d'une jeune fille, il lui est difficile de se montrer exigeant dans ses plaisirs. La jeunesse est plus gourmande que friande, et d'ailleurs la possession seule est un charme. Comment reconnaîtrait-on la froideur, la dignité ou la réserve d'une femme quand on lui prête l'exaltation que l'on sent, quand elle se colore du feu dont on est animé ? Il faut arriver à une certaine tranquillité conjugale pour voir qu'une dévote attend l'amour les bras croisés. Granville se crut donc assez heureux jusqu'au moment où un événement funeste vint influer sur les destinées de son mariage.

Au mois de novembre 1807, le chanoine de la cathédrale de Bayeux, qui jadis dirigeait les consciences de madame Bontems et de sa fille, vint à Paris, amené par l'ambition de parvenir à l'une des cures de la capitale, poste qu'il envisageait peut-être comme le marche-pied d'un évêché. En ressaisissant son ancien empire sur son ouaille, il frémit de la trouver déjà si changée par l'air de Paris et voulut la ramener dans son froid bercail. Effrayée par les remontrances de l'ex-chanoine, homme de trente-huit ans environ, qui apportait au milieu du clergé de Paris, si tolérant et si éclairé, cette âpreté du catholicisme provincial, cette inflexible bigoterie dont les exigences multipliées sont autant de liens pour les âmes timorées, madame de Granville fit pénitence et revint à son jansénisme.

Il serait fatigant de peindre avec exactitude les incidents qui amenèrent insensiblement le malheur au sein de ce ménage, il suffira peut-être de raconter les principaux faits sans les ranger scrupuleusement par époque et par ordre. Cependant, la première mésintelligence de ces jeunes époux fut assez frappante. Quand Granville conduisit sa femme dans le monde, elle ne fit aucune difficulté d'aller aux réunions graves, aux dîners, aux concerts, aux assemblées des magistrats placés au-dessus de son mari par la hiérarchie judiciaire ; mais elle sut, pendant quelque temps, prétexter des migraines toutes les fois qu'il s'agissait d'un bal. Un jour, Granville, impatienté de ces indispositions de commande, supprima la lettre qui annonçait un bal chez un Conseiller d'État, il trompa sa femme par une invitation verbale, et dans une soirée où sa santé n'avait rien d'équivoque, il la produisit au milieu d'une fête magnifique.

— Ma chère, lui dit-il au retour en lui voyant un air triste qui l'offensa, votre condition de femme, le rang que vous occupez dans le monde et la fortune dont vous jouissez vous imposent des obligations qu'aucune loi divine ne saurait abroger. N'êtes-vous pas la gloire de votre mari ? Vous devez donc venir au bal quand j'y vais, et y paraître convenablement.

— Mais, mon ami, qu'avait donc ma toilette de si malheureux ?

— Il s'agit de votre air, ma chère. Quand un jeune homme vous parle et vous aborde, vous devenez si sérieuse, qu'un plaisant pourrait croire à la fragilité de votre vertu. Vous semblez craindre qu'un sourire ne vous compromette. Vous aviez vraiment l'air de demander à Dieu le pardon des péchés qui pouvaient se commettre autour de vous. Le monde, mon cher ange, n'est pas un couvent. Mais puisque tu parles de toilette, je t'avouerai que c'est aussi un devoir pour toi de suivre les modes et les usages du monde.

— Voudriez-vous que je montrasse mes formes comme ces femmes effrontées qui se décollètent de manière à laisser plonger des regards impudiques sur leurs épaules nues, sur…

— Il y a de la différence, ma chère, dit le substitut en l'interrompant, entre découvrir tout le buste et donner de la grâce à son corsage. Vous avez un triple rang de ruches de tulle qui vous enveloppent le cou jusqu'au menton. Il semble que vous ayez sollicité votre couturière d'ôter toute forme gracieuse à vos épaules et aux contours de votre sein, avec autant de soin qu'une coquette en met à obtenir de la sienne des robes qui dessinent les formes les plus secrètes. Votre buste est enseveli sous des plis si nombreux, que tout le monde se moquait de votre réserve affectée. Vous souffririez si je vous répétais les discours saugrenus que l'on a tenus sur vous.

— Ceux à qui ces obscénités plaisent ne seront pas chargés du poids de nos fautes, répondit sèchement la jeune femme.

— Vous n'avez pas dansé, demanda Granville.

— Je ne danserai jamais, répliqua-t-elle.

— Si je vous disais que vous devez danser, reprit vivement magistrat. Oui, vous devez suivre les modes, porter des fleurs dans vos cheveux, mettre des diamants. Songez donc, ma belle, que les gens riches, et nous le sommes, sont obligés d'entretenir le luxe dans un état ! Ne vaut-il pas mieux faire prospérer les manufactures que de répandre son argent en aumônes par les mains du clergé ?

— Vous parlez en homme d'état, dit Angélique.

— Et vous en homme d'église, répondit-il vivement.

La discussion devint très-aigre. Madame Granville mit dans ses réponses, toujours douces et prononcées d'un son de voix aussi clair que celui d'une sonnette d'église, un entêtement qui trahissait une influence sacerdotale. Quand, en réclamant les droits que lui constituait la promesse de Granville, elle dit que son confesseur lui défendait spécialement d'aller au bal, le magistrat essaya de lui prouver que ce prêtre outrepassait les règlements de l'Église. Cette dispute odieuse, théologique, fut renouvelée avec beaucoup plus de violence et d'aigreur de part et d'autre quand Granville voulut mener sa femme au spectacle. Enfin, le magistrat, dans le seul but de battre en brèche la pernicieuse influence exercée sur sa femme par l'ex-chanoine, engagea la querelle de manière à ce que madame de Granville, mise au défi, écrivit en cour de Rome sur la question de savoir si une femme pouvait, sans compromettre son salut, se décolleter, aller au bal et au spectacle pour complaire à son mari. La réponse du vénérable Pie VII ne tarda pas, elle condamnait hautement la résistance de la femme, et blâmait le confesseur. Cette lettre, véritable catéchisme conjugal, semblait avoir été dictée par la voix tendre de Fénelon dont la grâce et la douceur y respiraient.

« Une femme est bien partout où la conduit son époux. Si elle commet des péchés par son ordre, ce ne sera pas à elle à en répondre un jour. »

Ces deux passages de l'homélie du pape le firent accuser d'irréligion par madame de Granville et par son confesseur. Mais avant que le bref n'arrivât, le substitut s'aperçut de la stricte observance des lois ecclésiastiques que sa femme lui imposait les jours maigres, et il ordonna à ses gens de lui servir du gras pendant toute l'année. Quelque déplaisir que cet ordre causât à sa femme, Granville, qui du gras et du maigre se souciait fort peu, le maintint avec une fermeté virile. La plus faible créature vivante et pensante n'est-elle pas blessée dans ce qu'elle a de plus cher quand elle accomplit, par l'instigation d'une autre volonté que la sienne, une chose qu'elle eût naturellement faite. De toutes les tyrannies, la plus odieuse est celle qui ôte perpétuellement à l'âme le mérite de ses actions et de ses pensées : on abdique sans avoir régné. La parole la plus douce à prononcer, le sentiment le plus doux à exprimer, expirent quand nous les croyons commandés. Bientôt le jeune magistrat en arriva à renoncer à recevoir ses amis, à donner une fête ou un dîner : sa maison semblait s'être couverte d'un crêpe. Une maison dont la maîtresse est dévote prend un aspect tout particulier. Les domestiques, toujours placés sous la surveillance de la femme, ne sont choisis que parmi ces personnes soi-disant pieuses qui ont des figures à elles. De même que le garçon le plus jovial entré dans la gendarmerie aura le visage gendarme, de même les gens qui s'adonnent aux pratiques de la dévotion contractent un caractère de physionomie uniforme ; l'habitude de baisser les yeux, de garder une attitude de componction, les revêt d'une livrée hypocrite que les fourbes savent prendre à merveille. Puis, les dévotes forment une sorte de république, elles se connaissent toutes ; les domestiques, qu'elles se recommandent les unes aux autres, sont comme une race à part conservée par elles à l'instar de ces amateurs de chevaux qui n'en admettent pas un dans leurs écuries dont l'extrait de naissance ne soit en règle. Plus les prétendus impies viennent à examiner une maison dévote, plus ils reconnaissent alors que tout y est empreint de je ne sais quelle disgrâce ; ils y trouvent tout à la fois une apparence d'avarice ou de mystère comme chez les usuriers, et cette humidité parfumée d'encens qui refroidit l'atmosphère des chapelles. Cette régularité mesquine, cette pauvreté d'idées que tout trahit, ne s'exprime que par un seul mot, et ce mot est bigoterie. Dans ces sinistres et implacables maisons, la bigoterie se peint dans les meubles, dans les gravures, dans les tableaux : le parler y est bigot, le silence est bigot et les figures sont bigotes. La transformation des choses et des hommes en bigoterie est un mystère inexplicable, mais le fait est là. Chacun peut avoir observé que les bigots ne marchent pas, ne s'asseyent pas, ne parlent pas comme marchent, s'asseyent et parlent les gens du monde ; chez eux l'on est gêné, chez eux l'on ne rit pas, chez eux la raideur, la symétrie règnent en tout, depuis le bonnet de la maîtresse de la maison jusqu'à sa pelote aux épingles ; les regards n'y sont pas francs, les gens y semblent des ombres, et la dame du logis paraît assise sur un trône de glace. Un matin, le pauvre Granville remarqua avec douleur et tristesse tous les symptômes de la bigoterie dans sa maison. Il se rencontre de par le monde certaines sociétés où les mêmes effets existent sans être produits par les mêmes causes. L'ennui trace autour de ces maisons malheureuses un cercle d'airain qui renferme l'horreur du désert et l'infini du vide. Un ménage n'est pas alors un tombeau, mais quelque chose de pire, un couvent. Au sein de cette sphère glaciale, le magistrat considéra sa femme sans passion : il remarqua, non sans une vive peine, l'étroitesse d'idées que trahissait la manière dont les cheveux étaient implantés sur le front bas et légèrement creusé ; il aperçut dans la régularité si parfaite des traits du visage je ne sais quoi d'arrêté, de rigide qui lui rendit bientôt haïssable la feinte douceur par laquelle il fut séduit. Il devina qu'un jour ces lèvres minces pourraient lui dire, un malheur arrivant : « C'est pour ton bien, mon ami. » La figure de madame de Granville prit une teinte blafarde, une expression sérieuse qui tuait la joie chez ceux qui l'approchaient. Ce changement fut-il opéré par les habitudes ascétiques d'une dévotion qui n'est pas plus la piété que l'avarice n'est l'économie, était-il produit par la sécheresse naturelle aux âmes bigotes ? il serait difficile de prononcer : la beauté sans expression est peut-être une imposture. L'imperturbable sourire que la jeune femme fit contracter à son visage en regardant Granville, paraissait être chez elle une formule jésuitique de bonheur par laquelle elle croyait satisfaire à toutes les exigences du mariage ; sa charité blessait, sa beauté sans passion semblait une monstruosité à ceux qui la connaissaient, et la plus douce de ses paroles impatientait ; elle n'obéissait pas à des sentiments, mais à des devoirs. Il est des défauts qui, chez une femme, peuvent céder aux leçons fortes données par l'expérience ou par un mari, mais rien ne peut combattre la tyrannie des fausses idées religieuses. Une éternité bienheureuse à conquérir, mise en balance avec un plaisir mondain, triomphe de tout et fait tout supporter. N'est-ce pas l'égoïsme divinisé, le moi par-delà le tombeau ? Aussi, le pape fut-il condamné au tribunal de l'infaillible chanoine et de la jeune dévote. Ne pas avoir tort est un des sentiments qui remplacent tous les autres chez ces âmes despotiques. Depuis quelque temps, il s'était établi un secret combat entre les idées des deux époux, et le jeune magistrat se fatigua bientôt d'une lutte qui ne devait jamais cesser. Quel homme, quel caractère résiste à la vue d'un visage amoureusement hypocrite, et à une remontrance catégorique opposée aux moindres volontés ? Quel parti prendre contre une femme qui se sert de votre passion pour protéger son insensibilité, qui semble résolue à rester doucement inexorable, se prépare à jouer le rôle de victime avec délices, et regarde un mari comme un instrument de Dieu, comme un mal dont les flagellations lui évitent celles du purgatoire ? Quelles sont les peintures par lesquelles on pourrait donner l'idée de ces femmes qui font haïr la vertu en outrant les plus doux préceptes d'une religion que saint Jean résumait par : Aimez-vous les uns les autres. Existait-il dans un magasin de modes un seul chapeau condamné à rester en étalage ou à partir pour les îles, Granville était sûr de voir sa femme s'en parer ; s'il se fabriquait une étoffe d'une couleur ou d'un dessin malheureux, elle s'en affublait. Ces pauvres dévotes sont désespérantes dans leur toilette. Le manque de goût est un des défauts qui sont inséparables de la fausse dévotion. Ainsi, dans cette intime existence qui veut le plus d'expansion, Granville fut sans compagne : il alla seul dans le monde, dans les fêtes, au spectacle. Rien chez lui ne sympathisait avec lui. Un grand crucifix placé entre le lit de sa femme et le sien était là comme le symbole de sa destinée. Ne représente-t-il pas une divinité mise à mort, un homme-dieu tué dans toute la beauté de la vie et de la jeunesse ? L'ivoire de cette croix avait moins de froideur qu'Angélique crucifiant son mari au nom de la vertu. Ce fut entre leurs deux lits que naquit le malheur : cette jeune femme ne voyait là que des devoirs dans les plaisirs de l'hyménée. Là, par un mercredi des cendres se leva l'observance des jeûnes, pâle et livide figure qui d'une voix brève ordonna un carême complet, sans que Granville jugeât convenable d'écrire cette fois au pape, afin d'avoir l'avis du consistoire sur la manière d'observer le carême, les quatre-temps et les veilles de grandes fêtes. Le malheur du jeune magistrat fut immense, il ne pouvait même pas se plaindre, qu'avait-il à dire ? il possédait une femme jeune, jolie, attachée à ses devoirs, vertueuse, le modèle de toutes les vertus ! elle accouchait chaque année d'un enfant, les nourrissait tous elle-même et les élevait dans les meilleurs principes. La charitable Angélique fut promue ange. Les vieilles femmes qui composaient la société au sein de laquelle elle vivait (car à cette époque les jeunes femmes ne s'étaient pas encore avisées de se lancer par ton dans la haute dévotion), admirèrent toutes le dévouement de madame de Granville, et la regardèrent, sinon comme une vierge, au moins comme une martyre. Elles accusaient, non pas les scrupules de la femme, mais la barbarie procréatrice du mari. Insensiblement, Granville, accablé de travail, sevré de plaisirs et fatigué du monde où il errait solitaire, tomba vers trente-deux ans dans le plus affreux marasme. La vie lui fut odieuse. Ayant une trop haute idée des obligations que lui imposait sa place pour donner l'exemple d'une vie irrégulière, il essaya de s'étourdir par le travail, et entreprit alors un grand ouvrage sur le droit. Mais il ne jouit pas long-temps de cette tranquillité monastique sur laquelle il comptait.

Lorsque la divine Angélique le vit désertant les fêtes du monde et travaillant chez lui avec une sorte de régularité, elle essaya de le convertir. Un véritable chagrin pour elle était de savoir à son mari des opinions peu chrétiennes, elle pleurait quelquefois en pensant que si son époux venait à périr, il mourrait dans l'impénitence finale, sans que jamais elle pût espérer de l'arracher aux flammes éternelles de l'enfer. Granville fut donc en butte aux petites idées, aux raisonnements vides, aux étroites pensées par lesquels sa femme, qui croyait avoir remporté une première victoire, voulut essayer d'en obtenir une seconde en le ramenant dans le giron de l'Église. Ce fut là le dernier coup. Quoi de plus affligeant que ces luttes sourdes où l'entêtement des dévotes voulait l'emporter sur la dialectique d'un magistrat ? Quoi de plus effrayant à peindre que ces aigres pointilleries auxquelles les gens passionnés préfèrent des coups de poignard ? Granville déserta sa maison, où tout lui devenait insupportable : ses enfants, courbés sous le despotisme froid de leur mère, n'osaient suivre leur père au spectacle, et Granville ne pouvait leur procurer aucun plaisir sans leur attirer des punitions de leur terrible mère. Cet homme si aimant fut amené à une indifférence, à un égoïsme pire que la mort. Il sauva du moins ses fils de cet enfer en les mettant de bonne heure au collége, et se réservant le droit de les diriger. Il intervenait rarement entre la mère et les filles ; mais il résolut de les marier aussitôt qu'elles atteindraient l'âge de nubilité. S'il eût voulu prendre un parti violent, rien ne l'aurait justifié ; sa femme, appuyée par un formidable cortége de douairières, l'aurait fait condamner par la terre entière. Granville n'eut donc d'autre ressource que de vivre dans un isolement complet ; mais courbé sous la tyrannie du malheur, ses traits flétris par le chagrin et par les travaux lui déplaisaient à lui-même. Enfin, ses liaisons, son commerce avec les femmes du monde auprès desquelles il désespéra de trouver des consolations, il les redoutait.

L'histoire didactique de ce triste ménage n'offrit, pendant les treize années qui s'écoulèrent de 1807 à 1821, aucune scène digne d'être rapportée. Madame de Granville resta exactement la même du moment où elle perdit le cœur de son mari que pendant les jours où elle se disait heureuse. Elle fit des neuvaines pour prier Dieu et les saints de l'éclairer sur les défauts qui déplaisaient à son époux et de lui enseigner les moyens de ramener la brebis égarée ; mais plus ses prières avaient de ferveur, moins Granville paraissait au logis. Depuis cinq ans environ, l'Avocat-Général, à qui la Restauration donna de hautes fonctions dans la magistrature, s'était logé à l'entresol de son hôtel, pour éviter de vivre avec la comtesse de Granville. Chaque matin il se passait une scène qui, s'il faut en croire les médisances du monde, se répète au sein de plus d'un ménage où elle est produite par certaines incompatibilités d'humeur, par des maladies morales ou physiques, ou par des travers qui conduisent bien des mariages aux malheurs retracés dans cette histoire. Sur les huit heures du matin, une femme de chambre, assez semblable à une religieuse, venait sonner à l'appartement du comte de Granville. Introduite dans le salon qui précédait le cabinet du magistrat, elle redisait au valet de chambre, et toujours du même ton, le message de la veille.

– Madame fait demander à monsieur le comte s'il a bien passé la nuit, et si elle aura le plaisir de déjeuner avec lui.

– Monsieur, répondait le valet de chambre après être allé parler à son maître, présente ses hommages à madame la comtesse, et la prie d'agréer ses excuses ; une affaire importante l'oblige à se rendre au Palais.

Un instant après, la femme de chambre se présentait de nouveau, et demandait de la part de madame si elle aurait le bonheur de voir monsieur le comte avant son départ. – Il est parti, répondait le valet, tandis que souvent le cabriolet était encore dans la cour.

Ce dialogue par ambassadeur devint un cérémonial quotidien. Le valet de chambre de Granville, qui, favori de son maître, causa plus d'une querelle dans le ménage par son irréligion et par le relâchement de ses mœurs, se rendait même quelquefois par forme dans le cabinet où son maître n'était pas, et revenait faire les réponses d'usage. L'épouse affligée guettait toujours le retour de son mari, se mettait sur le perron afin de se trouver sur son passage et arriver devant lui comme un remords. La taquinerie vétilleuse qui anime les caractères monastiques faisait le fond de celui de madame de Granville, qui, alors âgée de trente-cinq ans, paraissait en avoir quarante. Quand, obligé par le décorum, Granville adressait la parole à sa femme ou restait à dîner au logis, heureuse de lui imposer sa présence, ses discours aigres-doux et l'insupportable ennui de sa société bigote, elle essayait alors de le mettre en faute devant ses gens et ses charitables amies. La présidence d'une cour royale fut offerte au comte de Granville, alors très-bien en cour, il pria le ministère de le laisser à Paris. Ce refus, dont les raisons ne furent connues que du Garde-des-sceaux, suggéra les plus bizarres conjectures aux intimes amies et au confesseur de la comtesse. Granville, riche de cent mille livres de rente, appartenait à l'une des meilleures maisons de la Normandie ; sa nomination à une présidence était un échelon pour arriver à la pairie ; d'où venait ce peu d'ambition ? d'où venait l'abandon de son grand ouvrage sur le droit ? d'où venait cette dissipation qui, depuis près de six années, l'avait rendu étranger à sa maison, à sa famille, à ses travaux, à tout ce qui devait lui être cher ? Le confesseur de la comtesse, qui pour parvenir à un évêché comptait autant sur l'appui des maisons où il régnait que sur les services rendus à une congrégation de laquelle il fut l'un des plus ardents propagateurs, se trouva désappointé par le refus de Granville et tâcha de le calomnier par des suppositions : si monsieur le comte avait tant de répugnance pour la province, peut-être s'effrayait-il de la nécessité où il serait d'y mener une conduite régulière ? forcé de donner l'exemple des bonnes mœurs, il vivrait avec la comtesse, de laquelle une passion illicite pouvait seule l'éloigner ? une femme aussi pure que madame de Granville reconnaîtrait-elle jamais les dérangements survenus dans la conduite de son mari ?... Les bonnes amies transformèrent en vérités ces paroles qui malheureusement n'étaient pas des hypothèses, et madame de Granville fut frappée comme d'un coup de foudre. Sans idées sur les mœurs du grand monde, ignorant l'amour et ses folies, Angélique était si loin de penser que le mariage pût comporter des incidents différents de ceux qui lui aliénèrent le cœur de Granville qu'elle le crut incapable de fautes qui pour toutes les femmes sont des crimes. Quand le comte ne réclama plus rien d'elle, elle avait imaginé que le calme dont il paraissait jouir était dans la nature ; enfin, comme elle lui avait donné tout ce que son cœur pouvait renfermer d'affection pour un homme, et que les conjectures de son confesseur ruinaient complétement les illusions dont elle s'était nourrie jusqu'en ce moment, elle prit la défense de son mari, mais sans pouvoir détruire un soupçon si habilement glissé dans son âme. Ces appréhensions causèrent de tels ravages dans sa faible tête qu'elle en tomba malade, et devint la proie d'une fièvre lente. Ces événements se passaient pendant le carême de l'année 1822, elle ne voulut pas consentir à cesser ses austérités, et arriva lentement à un état de consomption qui fit trembler pour ses jours. Les regards indifférents de Granville la tuaient. Les soins et les attentions du magistrat ressemblaient à ceux qu'un neveu s'efforce de prodiguer à un vieil oncle. Quoique la comtesse eût renoncé à son système de taquinerie et de remontrances et qu'elle essayât d'accueillir son mari par de douces paroles, l'aigreur de la dévote perçait et détruisait souvent par un mot l'ouvrage d'une semaine.

Vers la fin du mois de mai, les chaudes haleines du printemps, un régime plus nourrissant que celui du carême rendirent quelques forces à madame de Granville. Un matin, au retour de la messe, elle vint s'asseoir dans son petit jardin sur un banc de pierre où les caresses du soleil lui rappelèrent les premiers jours de son mariage, elle embrassa sa vie d'un coup d'œil afin de voir en quoi elle avait pu manquer à ses devoirs de mère et d'épouse. L'abbé Fontanon apparut alors dans une agitation difficile à décrire.

— Vous serait-il arrivé quelque malheur, mon père, lui demanda-t-elle avec une filiale sollicitude.

— Ah ! je voudrais, répondit le prêtre normand, que toutes les infortunes dont vous afflige la main de Dieu me fussent départies ; mais, ma respectable amie, c'est des épreuves auxquelles il faut savoir vous soumettre.

— Eh ! peut-il m'arriver des châtiments plus grands que ceux par lesquels sa providence m'accable en se servant de mon mari comme d'un instrument de colère ?

— Préparez-vous, ma fille, à plus de mal encore que nous n'en supposions jadis avec vos pieuses amies.

— Je dois alors remercier Dieu, répondit la comtesse, de ce qu'il daigne se servir de vous pour me transmettre ses volontés, plaçant ainsi, comme toujours, les trésors de sa miséricorde auprès des fléaux de sa colère, comme jadis en bannissant Agar il lui découvrait une source dans le désert.

— Il a mesuré vos peines à la force de votre résignation et au poids de vos fautes.

— Parlez, je suis prête à tout entendre. À ces mots, la comtesse leva les yeux au ciel, et ajouta : Parlez, monsieur Fontanon.

— Depuis sept ans, monsieur Granville commet le péché d'adultère avec une concubine de laquelle il a deux enfants, et il a dissipé pour ce ménage adultérin plus de cinq cent mille francs qui devraient appartenir à sa famille légitime.

– Il faudrait que je le visse de mes propres yeux, dit la comtesse.

– Gardez-vous-en bien, s'écria l'abbé. Vous devez pardonner, ma fille, et attendre, dans la prière, que Dieu éclaire votre époux, à moins d'employer contre lui les moyens que vous offrent les lois humaines.

La longue conversation que l'abbé Fontanon eut alors avec sa pénitente produisit un changement violent dans la comtesse ; elle le congédia, montra sa figure presque colorée à ses gens qui furent effrayés de son activité de folle : elle commanda d'atteler ses chevaux, ordre qu'elle donnait rarement ; elle les décommanda, changea d'avis vingt fois dans la même heure ; mais enfin, comme si elle prenait une grande résolution, elle partit sur les trois heures, laissant sa maison étonnée d'une si subite révolution.

– Monsieur doit-il revenir dîner, avait-elle demandé au valet de chambre à qui elle ne parlait jamais.

– Non, madame.

– L'avez-vous conduit au Palais ce matin ?

– Oui, madame.

– N'est-ce pas aujourd'hui lundi ?

– Oui, madame.

– On va donc maintenant au Palais le lundi.

– Que le diable t'emporte ! s'écria le valet en voyant partir sa maîtresse qui dit au cocher : rue Taitbout.

Mademoiselle de Bellefeuille était en deuil et pleurait. Auprès d'elle, Roger tenait une des mains de son amie entre les siennes, gardait le silence, et regardait tour à tour le petit Charles qui ne comprenant rien au deuil de sa mère restait muet en la voyant pleurer, et le berceau où dormait Eugénie, et le visage de Caroline sur lequel la tristesse ressemblait à une pluie tombant à travers les rayons d'un joyeux soleil.

– Eh bien ! oui, mon ange, dit Roger après un long silence, voilà le grand secret, je suis marié. Mais un jour, je l'espère, nous ne ferons qu'une même famille. Ma femme est depuis le mois de mars dans un état désespéré : je ne souhaite pas sa mort ; mais, s'il plaît à Dieu de l'appeler à lui, je crois qu'elle sera plus heureuse dans le paradis qu'au milieu d'un monde dont ni les peines ni les plaisirs ne l'affectent.

– Combien je hais cette femme ! Comment a-t-elle pu te rendre malheureux ? Cependant c'est à ce malheur que je dois ma félicité.

Ses larmes se séchèrent tout à coup.

– Caroline, espérons, s'écria Roger en prenant un baiser. Ne t'effraie pas de ce qu'a pu dire cet abbé. Quoique ce confesseur de ma femme soit un homme redoutable par son influence dans la Congrégation, s'il essayait de troubler notre bonheur, je saurais prendre un parti…

– Que ferais-tu ?

– Nous irions en Italie, je fuirais…

Un cri, jeté dans le salon voisin, fit à la fois frissonner le comte de Granville et trembler mademoiselle de Bellefeuille qui se précipitèrent dans le salon et y trouvèrent la comtesse évanouie. Quand madame de Granville reprit ses sens, elle soupira profondément en se voyant entre le comte et sa rivale qu'elle repoussa par un geste involontaire plein de mépris.

Mademoiselle de Bellefeuille se leva pour se retirer.

– Vous êtes chez vous, madame, restez, dit Granville en arrêtant Caroline par le bras.

Le magistrat saisit sa femme mourante, la porta jusqu'à sa voiture, et y monta près d'elle.

– Qui donc a pu vous amener à désirer ma mort, à me fuir demanda la comtesse d'une voix faible en contemplant son mari avec autant d'indignation que de douleur. N'étais-je pas jeune, vous m'avez trouvée belle, qu'avez-vous à me reprocher ? Vous ai-je trompé, n'ai-je pas été une épouse vertueuse et sage ? Mon cœur n'a conservé que votre image, mes oreilles n'ont entendu que votre voix. À quel devoir ai-je manqué, que vous ai-je refusé ?

– Le bonheur, répondit le comte d'une voix ferme. Vous le savez, madame, il est deux manières de servir Dieu. Certains chrétiens s'imaginent qu'en entrant à des heures fixes dans une église pour y dire des Pater noster, en y entendant régulièrement la messe et s'abstenant de tout péché, ils gagneront le ciel ; ceux-là, madame, vont en enfer, ils n'ont point aimé Dieu pour lui-même, ils ne l'ont point adoré comme il veut l'être, ils ne lui ont fait aucun sacrifice. Quoique doux en apparence, ils sont durs à leur prochain ; ils voient la règle, la lettre, et non l'esprit. Voilà comme vous en avez agi avec votre époux terrestre. Vous avez sacrifié mon bonheur à votre salut, vous étiez en prières quand j'arrivais à vous le cœur joyeux, vous pleuriez quand vous deviez égayer mes travaux, vous n'avez su satisfaire à aucune exigence de mes plaisirs.

– Et s'ils étaient criminels, s'écria la comtesse avec feu, fallait-il donc perdre mon âme pour vous plaire ?

– C'eût été un sacrifice qu'une autre plus aimante a eu le courage de me faire, dit froidement Granville.

– Ô mon Dieu, s'écria-t-elle en pleurant, tu l'entends ! Était-il digne des prières et des austérités au milieu desquelles je me suis consumée pour racheter ses fautes et les miennes ? À quoi sert la vertu ?

– À gagner le ciel, ma chère. On ne peut être à la fois l'épouse d'un homme et celle de Jésus-Christ, il y aurait bigamie : il faut savoir opter entre un mari et un couvent. Vous avez dépouillé votre âme au profit de l'avenir, de tout l'amour, de tout le dévouement que Dieu vous ordonnait d'avoir pour moi, et vous n'avez gardé au monde que des sentiments de haine…

– Ne vous ai-je donc point aimé, demanda-t-elle.

– Non, madame.

– Qu'est-ce donc que l'amour, demanda involontairement la comtesse.

– L'amour, ma chère, répondit Granville avec une sorte de surprise ironique, vous n'êtes pas en état de le comprendre. Le ciel froid de la Normandie ne peut pas être celui de l'Espagne. Sans doute la question des climats est le secret de notre malheur. Se plier à nos caprices, les deviner, trouver des plaisirs dans une douleur, nous sacrifier l'opinion du monde, l'amour-propre, la religion même, et ne regarder ces offrandes que comme des grains d'encens brûlés en l'honneur de l'idole, voilà l'amour…

– L'amour des filles de l'opéra, dit la comtesse avec horreur. De tels feux doivent être peu durables, et ne vous laisser bientôt que des cendres ou des charbons, des regrets ou du désespoir. Une épouse, monsieur, doit vous offrir, à mon sens, une amitié vraie, une chaleur égale, et…

– Vous parlez de chaleur comme les nègres parlent de la glace, répondit le comte avec un sourire sardonique. Songez que la plus humble de toutes les pâquerettes est plus séduisante que la plus orgueilleuse et la plus brillante des épines-roses qui nous attirent au printemps par leurs pénétrants parfums et leurs vives couleurs. D'ailleurs, ajouta-t-il, je vous rends justice. Vous vous êtes si bien tenue dans la ligne du devoir apparent prescrit par la loi, que, pour vous démontrer en quoi vous avez failli à mon égard, il faudrait entrer dans certains détails que votre dignité ne saurait supporter, et vous instruire de choses qui vous sembleraient le renversement de toute morale.

— Vous osez parler de morale en sortant de la maison où vous avez dissipé la fortune de vos enfants, dans un lieu de débauche, s'écria la comtesse que les réticences de son mari rendirent furieuse.

— Madame, je vous arrête là, dit le comte avec sang-froid en interrompant sa femme. Si mademoiselle de Bellefeuille est riche, elle ne l'est aux dépens de personne. Mon oncle était maître de sa fortune, il avait plusieurs héritiers ; de son vivant et par pure amitié pour celle qu'il considérait comme une nièce, il lui a donné sa terre de Bellefeuille. Quant au reste, je le tiens de ses libéralités…

— Cette conduite est digne d'un jacobin, s'écria la pieuse Angélique.

— Madame, vous oubliez que votre père fut un de ces jacobins que vous, femme, condamnez avec si peu de charité, dit sévèrement le comte. Le citoyen Bontems a signé des arrêts de mort dans le temps où mon oncle n'a rendu que des services à la France.

Madame de Granville se tut. Mais, après un moment de silence, le souvenir de ce qu'elle venait de voir réveillant dans son âme une jalousie que rien ne saurait éteindre dans le cœur d'une femme, elle dit à voix basse et comme si elle se parlait à elle-même : — Peut-on perdre ainsi son âme et celle des autres !

– Eh ! madame, reprit le comte fatigué de cette conversation, peut-être est-ce vous qui répondrez un jour de tout ceci. Cette parole fit trembler la comtesse. Vous serez sans doute excusée aux yeux du juge indulgent qui appréciera nos fautes, dit-il, par la bonne foi avec laquelle vous avez accompli mon malheur. Je ne vous hais point, je hais les gens qui ont faussé votre cœur et votre raison. Vous avez prié pour moi, comme mademoiselle de Bellefeuille m'a donné son cœur et m'a comblé d'amour. Vous deviez être tour à tour et ma maîtresse et la sainte priant au pied des autels. Rendez-moi cette justice d'avouer que je ne suis ni pervers ni débauché. Mes mœurs sont pures. Hélas ! au bout de sept années de douleur, le besoin d'être heureux m'a, par une pente insensible, conduit à aimer une autre femme que vous, à me créer une autre famille que la mienne. Ne croyez pas d'ailleurs que je sois le seul : il existe dans cette ville des milliers de maris amenés tous par des causes diverses à cette double existence.

– Grand Dieu ! s'écria la comtesse, combien ma croix est devenue lourde à porter. Si l'époux que tu m'as imposé dans ta colère ne peut trouver ici-bas de félicité que par ma mort, rappelle-moi dans ton sein.

– Si vous aviez eu toujours de si admirables sentiments et ce dévouement, nous serions encore heureux, dit froidement le comte.

– Eh bien ! reprit Angélique en versant un torrent de larmes, pardonnez-moi si j'ai pu commettre des fautes ! Oui, monsieur, je suis prête à vous obéir en tout, certaine que vous ne désirerez rien que de juste et de naturel : je serai désormais tout ce que vous voudrez que soit une épouse.

– Madame, si votre intention est de me faire dire que je ne vous aime plus, j'aurai l'affreux courage de vous éclairer. Puis-je commander à mon cœur, puis-je effacer en un instant les souvenirs de quinze années de douleur ? Je n'aime plus. Ces paroles enferment un mystère tout aussi profond que celui contenu dans le mot j'aime. L'estime, la considération, les égards s'obtiennent, disparaissent, reviennent ; mais quant à l'amour, je me prêcherais mille ans que je ne le ferais pas renaître, surtout pour une femme qui s'est vieillie à plaisir.

– Ah ! monsieur le comte, je désire bien sincèrement que ces paroles ne vous soient pas prononcées un jour par celle que vous aimez, avec le ton et l'accent que vous y mettez…

– Voulez-vous porter ce soir une robe à la grecque et venir à l'Opéra ?

Le frisson que cette demande causa soudain à la comtesse fut une muette réponse.

Dans les premiers jours du mois de décembre 1829, un homme dont les cheveux entièrement blanchis et la physionomie semblaient annoncer qu'il était plutôt vieilli par les chagrins que par les années, car il paraissait avoir environ soixante ans, passait à minuit par la rue de Gaillon. Arrivé devant une maison de peu d'apparence et haute de deux étages, il s'arrêta pour y examiner une des fenêtres élevées en mansarde à des distances égales au milieu de la toiture. Une faible lueur colorait à peine cette humble croisée dont quelques-uns des carreaux avaient été remplacés par du papier. Le passant regardait cette clarté vacillante avec l'indéfinissable curiosité des flâneurs parisiens, lorsqu'un jeune homme sortit tout à coup de la maison. Comme les pâles rayons du réverbère frappaient la figure du curieux, il ne paraîtra pas étonnant que, malgré la nuit, le jeune homme s'avançât vers le passant avec ces précautions dont on use à Paris quand on craint de se tromper en rencontrant une personne de connaissance.

– Hé quoi ! s'écria-t-il, c'est vous, monsieur le président, seul, à pied, à cette heure, et si loin de la rue Saint-Lazare ! Permettez-moi d'avoir l'honneur de vous offrir le bras. Le pavé, ce matin, est si glissant que si nous ne nous soutenions pas l'un l'autre, dit-il afin de ménager l'amour-propre du vieillard, il nous serait bien difficile d'éviter une chute.

– Mais, mon cher monsieur, je n'ai encore que cinquante ans, malheureusement pour moi, répondit le comte de Granville. Un médecin, promis comme vous à une haute célébrité, doit savoir qu'à cet âge un homme est dans toute sa force.

– Vous êtes donc alors en bonne fortune, reprit Horace Bianchon. Vous n'avez pas, je pense, l'habitude d'aller à pied dans Paris. Quand on a d'aussi beaux chevaux que les vôtres…

– Mais la plupart du temps, répondit le président Granville, quand je ne vais pas dans le monde, je reviens du Palais-Royal ou de chez monsieur de Livry à pied.

– Et en portant sans doute sur vous de fortes sommes, s'écria le jeune docteur. N'est-ce pas appeler le poignard des assassins.

– Je ne crains pas ceux-là, répliqua le comte de Granville d'un air triste et insouciant.

– Mais du moins l'on ne s'arrête pas, reprit le médecin en entraînant le magistrat vers le boulevard. Encore un peu, je croirais que vous voulez me voler votre dernière maladie et mourir d'une autre main que de la mienne.

– Ah ! vous m'avez surpris faisant de l'espionnage, répondit le comte. Soit que je passe à pied ou en voiture et à telle heure que ce puisse être de la nuit, j'aperçois depuis quelque temps à une fenêtre du troisième étage de la maison d'où vous sortez l'ombre d'une personne qui paraît travailler avec un courage héroïque. À ces mots le comte fit une pause, comme s'il eût senti quelque douleur soudaine. J'ai pris pour ce grenier, dit-il en continuant, autant d'intérêt qu'un bourgeois de Paris peut en porter à l'achèvement du Palais-Royal.

– Hé bien ! s'écria vivement Horace en interrompant le comte, je puis vous…

– Ne me dites rien, répliqua Granville en coupant la parole à son médecin. Je ne donnerais pas un centime pour apprendre si l'ombre qui s'agite sur ces rideaux troués est celle d'un homme ou d'une femme, et si l'habitant de ce grenier est heureux ou malheureux ! Si j'ai été surpris de ne plus voir personne travaillant ce soir, si je me suis arrêté, c'était uniquement pour avoir le plaisir de former des conjectures aussi nombreuses et aussi niaises que le sont celles que les flâneurs forment à l'aspect d'une construction subitement abandonnée. Depuis deux ans, mon jeune… Le comte parut hésiter à employer une expression ; mais il fit un geste et s'écria : – Non, je ne vous appellerai pas mon ami, je déteste tout ce qui peut ressembler à un sentiment. Depuis deux ans donc, je ne m'étonne plus que les vieillards se plaisent tant à cultiver des fleurs, à planter des arbres ; les événements de la vie leur ont appris à ne plus croire aux affections humaines ; et, en peu de temps, je suis devenu vieillard. Je ne veux plus m'attacher qu'à des animaux qui ne raisonnent pas, à des plantes, à tout ce qui est extérieur. Je fais plus de cas des mouvements de la Taglioni que de tous les sentiments humains. J'abhorre la vie et un monde où je suis seul. Rien, rien, ajouta le comte avec une expression qui fit tressaillir le jeune homme, non, rien ne m'émeut et rien ne m'intéresse.

– Vous avez des enfants ?

– Mes enfants ! reprit-il avec un singulier accent d'amertume. Eh bien ! l'aînée de mes deux filles n'est-elle pas comtesse de Vandenesse ? Quant à l'autre, le mariage de son aînée lui prépare une belle alliance. Quant à mes deux fils, n'ont-ils pas très-bien réussi ! le vicomte est Avocat-Général à Limoges, et le cadet est substitut à Versailles. Mes enfants ont leurs soins, leurs inquiétudes, leurs affaires. Si parmi ces cœurs, un seul se fût entièrement consacré à moi, s'il eût essayé par son affection de combler le vide que je sens là, dit-il en frappant sur son sein, eh bien ! celui-là aurait manqué sa vie, il me l'aurait sacrifiée. Et pourquoi, après tout ? pour embellir quelques années qui me restent, y serait-il parvenu, n'aurais-je pas peut-être regardé ses soins généreux comme une dette ? Mais… Ici le vieillard se prit à sourire avec une profonde ironie. Mais, docteur, ce n'est pas en vain que nous leur apprenons l'arithmétique, et ils savent calculer. En ce moment, ils attendent peut-être ma succession.

– Oh ! monsieur le comte, comment cette idée peut-elle vous venir, à vous si bon, si obligeant, si humain ? En vérité, si je n'étais pas moi-même une preuve vivante de cette bienfaisance que vous concevez si belle et si large…

– Pour mon plaisir, reprit vivement le comte. Je paie une sensation comme je paierais demain d'un monceau d'or la plus puérile des illusions qui me remuait le cœur. Je secours mes semblables pour moi, par la même raison que je vais au jeu ; aussi ne compté-je sur la reconnaissance de personne. Vous-même, je vous verrais mourir sans sourciller, et je vous demande le même sentiment pour moi. Ah ! jeune homme, les événements de la vie ont passé sur mon cœur comme les laves du Vésuve sur Herculanum : la ville existe, morte.

– Ceux qui ont amené à ce point d'insensibilité une âme aussi chaleureuse et aussi vivante que l'était la vôtre, sont bien coupables.

– N'ajoutez pas un mot, reprit le comte avec un sentiment d'horreur.

– Vous avez une maladie que vous devriez me permettre de guérir, dit Bianchon d'un son de voix plein d'émotion.

– Mais connaissez-vous donc un remède à la mort ? s'écria le comte impatienté.

– Hé bien, monsieur le comte, je gage ranimer ce cœur que vous croyez si froid.

– Valez-vous Talma ? demanda ironiquement le président.

– Non, monsieur le comte. Mais la nature est aussi supérieure à Talma, que Talma pouvait m'être supérieur. Écoutez, le grenier qui vous intéresse est habité par une femme d'une trentaine d'années, et, chez elle, l'amour va jusqu'au fanatisme ; l'objet de son culte est un jeune homme d'une jolie figure, mais qu'une mauvaise fée a doué de tous les vices possibles. Ce garçon est joueur, et je ne sais ce qu'il aime le mieux des femmes ou du vin ; il a fait, à ma connaissance, des bassesses dignes de la police correctionnelle. Eh ! bien, cette malheureuse femme lui a sacrifié une très-belle existence, un homme par qui elle était adorée, de qui elle avait des enfants. Mais qu'avez-vous, monsieur le comte ?

– Rien, continuez.

– Elle lui a laissé dévorer une fortune entière, elle lui donnerait, je crois, le monde, si elle le tenait ; elle travaille nuit et jour ; et souvent elle a vu, sans murmurer, ce monstre qu'elle adore lui ravir jusqu'à l'argent destiné à payer les vêtements dont manquent ses enfants, jusqu'à leur nourriture du lendemain. Il y a trois jours, elle a vendu ses cheveux, les plus beaux que j'aie jamais vus : il est venu, elle n'avait pas pu cacher assez promptement la pièce d'or, il l'a demandée ; pour un sourire, pour une caresse, elle a livré le prix de quinze jours de vie et de tranquillité. N'est-ce pas à la fois horrible et sublime ? Mais le travail commence à lui creuser les joues. Les cris de ses enfants lui ont déchiré l'âme, elle est tombée malade, elle gémit en ce moment sur un grabat. Ce soir, elle n'avait rien à manger, et ses enfants n'avaient plus la force de crier, ils se taisaient quand je suis arrivé.

Horace Bianchon s'arrêta. En ce moment le comte de Granville avait, comme malgré lui, plongé la main dans la poche de son gilet.

– Je devine, mon jeune ami, dit le vieillard, comment elle peut vivre encore, si vous la soignez.

— Ah ! la pauvre créature, s'écria le médecin, qui ne la secourrait pas ? Je voudrais être plus riche, car j'espère la guérir de son amour.

— Mais, reprit le comte en retirant de sa poche la main qu'il y avait mise sans que le médecin la vit pleine des billets que son protecteur semblait y avoir cherchés, comment voulez-vous que je m'apitoie sur une misère dont les plaisirs ne me sembleraient pas payés trop cher par toute ma fortune ! Elle sent, elle vit cette femme. Louis XV n'aurait-il pas donné tout son royaume pour pouvoir se relever de son cercueil et avoir trois jours de jeunesse et de vie ? N'est-ce pas là l'histoire d'un milliard de morts, d'un milliard de malades, d'un milliard de vieillards ?

— Pauvre Caroline, s'écria le médecin.

En entendant ce nom, le comte de Granville tressaillit, et saisit le bras du médecin qui crut se sentir serré par les deux lèvres en fer d'un étau.

— Elle se nomme Caroline Crochard, demanda le président d'un son voix visiblement altérée.

— Vous la connaissez donc ? répondit le docteur avec étonnement.

— Et le misérable se nomme Solvet… Ah ! vous m'avez tenu parole, s'écria l'ancien magistrat, vous avez agité mon cœur par la plus terrible sensation qu'il éprouvera jusqu'à ce qu'il devienne poussière. Cette émotion est encore un présent de l'enfer, et je sais toujours comment m'acquitter avec lui.

En ce moment, le comte et le médecin étaient arrivés au coin de la rue de la Chaussée-d'Antin. Un de ces enfants de la nuit, qui, le dos chargé d'une hotte en osier et marchant un crochet à la main, ont été plaisamment nommés, pendant la révolution, membres du comité des recherches, se trouvait auprès de la borne devant laquelle le président venait de s'arrêter. Ce chiffonnier avait une vieille figure digne de celles que Charlet a immortalisées dans ses caricatures de l'école du balayeur.

– Rencontres-tu souvent des billets de mille francs, lui demanda le comte.

– Quelquefois, notre bourgeois.

– Et les rends-tu ?

– C'est selon la récompense promise…

– Voilà mon homme, s'écria le comte en présentant au chiffonnier un billet de mille francs. Prends ceci, lui dit-il, mais songe que je te le donne à la condition de le dépenser au cabaret, de t'y enivrer, de t'y disputer, de battre ta femme, de crever les yeux à tes amis. Cela fera marcher la garde, les chirurgiens, les pharmaciens ; peut-être les gendarmes, les procureurs du roi, les juges et les geôliers. Ne change rien à ce programme, ou le diable saurait tôt ou tard se venger de toi.

Il faudrait qu'un même homme possédât à la fois les crayons de Charlet et ceux de Callot, les pinceaux de Téniers et de Rembrandt, pour donner une idée vraie de cette scène nocturne.

– Voilà mon compte soldé avec l'enfer, et j'ai eu du plaisir pour mon argent, dit le comte d'un son de voix profond en montrant au médecin stupéfait la figure indescriptible du chiffonnier béant. Quant à Caroline Crochard, reprit-il, elle peut mourir dans les horreurs de la faim et de la soif, en entendant les cris déchirants de ses fils mourants, en reconnaissant la bassesse de celui qu'elle aime : je ne donnerais pas un denier pour l'empêcher de souffrir, et je ne veux plus vous voir par cela seul que vous l'avez secourue…

Le comte laissa Bianchon plus immobile qu'une statue, et disparut en se dirigeant avec la précipitation d'un jeune homme vers la rue Saint-Lazare, où il atteignit promptement le petit hôtel qu'il habitait et à la porte duquel il vit non sans surprise une voiture arrêtée.

– Monsieur le baron, dit le valet de chambre à son maître, est arrivé il y a une heure pour parler à monsieur, et l'attend dans sa chambre à coucher.

Granville fit signe à son domestique de se retirer.

– Quel motif assez important vous oblige d'enfreindre l'ordre que j'ai donné à mes enfants de ne pas venir chez moi sans y être appelés ? dit le vieillard à son fils en entrant.

– Mon père, répondit le jeune homme d'un son de voix tremblant et d'un air respectueux, j'ose espérer que vous me pardonnerez quand vous m'aurez entendu.

– Votre réponse est celle d'un magistrat, dit le comte. Asseyez-vous. Il montra un siége au jeune homme. Mais, reprit-il, que je marche ou que je reste assis, ne vous occupez pas de moi.

– Mon père, reprit le baron, ce soir à quatre heures, un très-jeune homme, arrêté chez un de mes amis au préjudice duquel il a commis un vol assez considérable, s'est réclamé de vous, il se prétend votre fils.

– Il se nomme, demanda le comte en tremblant.

– Charles Crochard.

– Assez, dit le père en faisant un geste impératif. Granville se promena dans la chambre, au milieu d'un profond silence que son fils se garda bien d'interrompre. – Mon fils… Ces paroles furent prononcées d'un ton si doux et si paternel que le jeune magistrat en tressaillit. Charles Crochard vous a dit la vérité. Je suis content que tu sois venu ce soir, mon bon Eugène, ajouta le vieillard. Voici une somme d'argent assez forte, dit-il en lui présentant une masse de billets de banque, tu en feras l'usage que tu jugeras convenable dans cette affaire. Je me fie à toi, et j'approuve d'avance toutes tes dispositions, soit pour le présent, soit pour l'avenir. Eugène, mon cher enfant, viens m'embrasser, nous nous voyons peut-être pour la dernière fois. Demain je demande un congé, je pars pour l'Italie. Si un père ne doit pas compte de sa vie à ses enfants, il doit leur léguer l'expérience que lui a vendue le sort, n'est-ce pas une partie de leur héritage ? Quand tu te marieras, reprit le comte en laissant échapper un frissonnement involontaire, n'accomplis pas légèrement cet acte, le plus important de tous ceux auxquels nous oblige la Société. Souviens-toi d'étudier long-temps le caractère de la femme avec laquelle tu dois t'associer ; mais consulte-moi, je veux la juger moi-même. Le défaut d'union entre deux époux, par quelque cause qu'il soit produit, amène d'effroyables malheurs : nous sommes, tôt ou tard, punis de n'avoir pas obéi aux lois sociales. Je t'écrirai de Florence à ce sujet : un père, surtout quand il est magistrat, ne doit pas rougir devant son fils. Adieu.